U0928798
重返花样初恋
RETURN TO THE FIRST LOVE

漫天的雪花飞舞，
冰冻了我整个身体，
我觉得好像有一把利剑深深刺入我的心脏，
让我痛不欲生。

我和安逸轩，
要一直这么相爱着，
我相信他的爱。
这一辈子，我们都会很幸福的！
© SOL.Bianca Creation works

宅小花 著

知識出版社

图书在版编目（CIP）数据

重返花样初恋 / 宅小花著. —北京：知识出版社，2017.1
（魅丽优品系列）
ISBN 978-7-5015-9396-5

Ⅰ. ①重… Ⅱ. ①宅… Ⅲ. ①长篇小说—中国—当代 Ⅳ. ①I247.5

中国版本图书馆CIP数据核字（2017）第013745号

责任编辑：马　跃
责任印制：魏　婷
装帧设计：胡万莲

出版发行：知识出版社
地　　址：北京市西城区阜成门北大街17号
邮政编码：100037
电　　话：010-88390732
网　　址：http://www.ecph.com.cn
印　　刷：北京君升印刷有限公司
经　　销：新华书店经销
开　　本：660 mm × 960 mm　1/16
印　　张：16
字　　数：156千字
版　　次：2017年3月第1版　　2017年4月第2次印刷

ISBN 978-7-5015-9396-5　　定价：26.80元

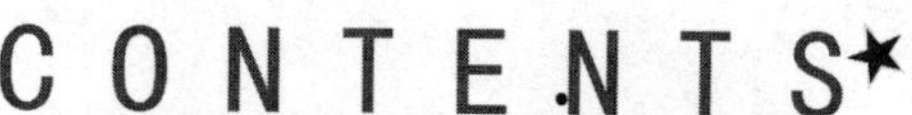

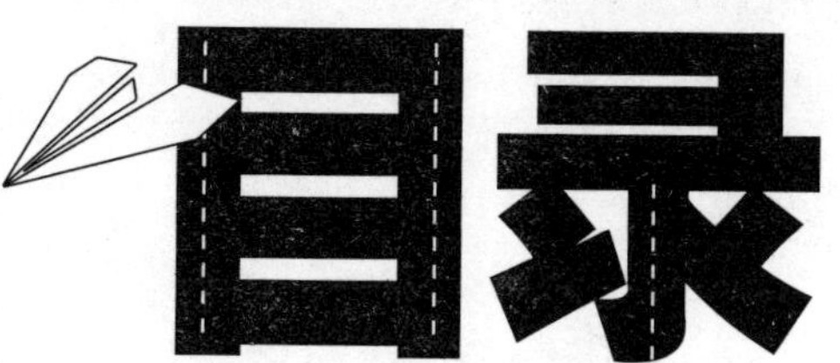

CONTENTS 目录

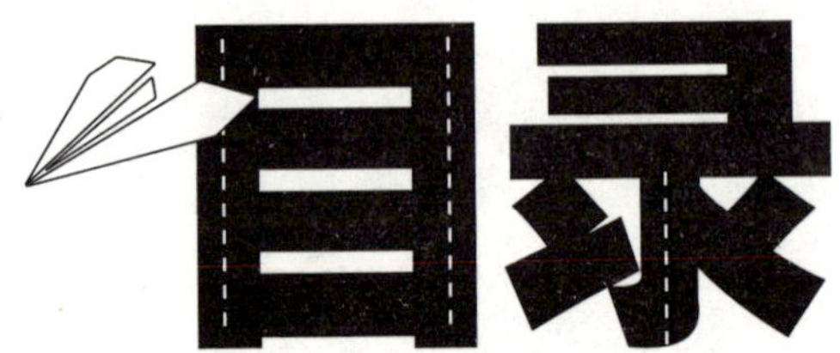

CONTENTS 目录

楔子

酒吧里迷离的灯光晃得人发晕，苦涩的酒精滑过喉咙，辛辣得让人眼泪直冒，这还是我第一次到酒吧买醉。喧嚣的音乐几乎震破了我的耳膜，我抱着啤酒瓶子哭得一塌糊涂，我沙希子怎么就爱上了那么一个不靠谱的浑蛋，安逸轩他居然要和我分手，居然要和别的女人在一起，一想起来就心痛得要死掉了。

“小姐，拜托你能不能不要在这里哭啊，今天是我们的夜夜笙歌派对，你这样很影响气氛的，也会影响到其他客人。”打扮帅气的服务员，一脸无奈地看着我说。

“怎么连你们都嫌弃我吗？你以为我很想哭吗？失恋了怎么办？你们

男人就会欺负人！”我丢掉啤酒瓶摇摇晃晃往酒吧外面走，那些跳舞的人们都纷纷为我让路，不就是哭泣的女人吗？有这么可怕吗？

四月的晚风有些微凉，我晕晕乎乎地席地而坐，掏出手机想要打出那个烂熟于心的号码，可是手指还是停在了屏幕上，我的眼泪再次决堤，手指滑动屏幕，一张张合照在眼前展现，全部是属于我们的回忆……

高中时代就知道安逸轩这个学霸加超级大帅哥的存在，只是那时候的他像太阳一样耀眼，而我像星星一样平凡，我怎么都不会想到会和他在一起，是大学时代的重逢，我鼓起勇气地勾搭，他从冷漠脸到接受我，真是不敢相信。原来他也会温柔地笑，也会坏坏地逗人生气，会霸道地不让我穿露肩装，会做好饭哄我吃不爱吃的胡萝卜，我们差一点就谈婚论嫁了，可是……他竟然要分手！想到这里，我的眼泪再次不可抑制地涌出来。

“啊，希子在那里！”一声惊呼从街对面传过来，我泪眼蒙眬地看过去，原来是雅伊她们，我为数不多的几个死党，她们全都一脸惊恐地朝着我跑过来。

“希子，可找到你了，你跑哪里去了啊？”

“还能去哪里，肯定是去酒吧喝酒了，你胆子真大，也不怕喝醉了被人占便宜，不过你这副模样估计也没男人感兴趣。”

“喂，你胡说什么呢，我们希子这么漂亮，是安逸轩那个浑蛋不懂珍惜。希子乖，我们送你回家。”

我脑袋迷迷糊糊地，听着她们你来我往地吵，知道她们都是为我好，眼泪就更加不争气地流出来：“我好难受，我真的很爱逸轩啊，我们在一起那么多年，为什么他要分手？”

“乖，我们先回家再说啦。”

我感觉身体被人硬拉了起来，接着就被推到了汽车里，我只顾呜呜地哭。也不知道哭了多久，又被迷迷糊糊地推下车，直到身子躺在软软的沙发上时，我混沌的大脑才反应过来，我已经是在家里了，而雅伊她们都担心地围着我，给我倒热水喝。

“你们说我哪里不如那个馨檬，他们10年前就分手了啊，为什么这么多年还可以让逸轩念念不忘，为什么还可以让逸轩继续选她？”我扯着纸巾哭着问。

“馨檬的确很漂亮啊，多少人的女神啊。”

“闭嘴啦，我们希子最漂亮，乖，不要哭了，睡一觉就好啦。”雅伊温柔地摸了摸我的脸将眼泪擦干。

我躺在沙发上一边絮絮叨叨地哭诉，一边陷入了梦乡，梦里全部是和安逸轩的过往，以至于第二天醒来时我眼睛肿得都睁不开了。这样伤心的状态持续了一周，我吃不下睡不着，体重直线下降。

上班的时候，其他同事居然纷纷问我怎么瘦身的，难道都没看到我苍白无力的脸吗？我虚弱地上班，虚弱地下班，拖着失恋的残躯悲哀地支撑着，我没有倒下，我还不能倒下去。

可是，就在我努力给自己打鸡血的时候，竟然看到了那个熟悉的背影，在我家小区门口，一身黑色西装的安逸轩正背对我站着。我脚步一顿就想转身逃走，可是转念一下为什么是我逃走啊，难道不该是他逃走吗？

安逸轩似乎很烦躁，不停地走来走去，也许我盯着他看太久，让他感觉背后发毛，他突然转了一个身，然后我们就大眼瞪小眼地互相看着对方。安逸轩似乎也瘦了，修长的身材显得更单薄了，五官微微凹陷，眼睛下有青色的眼圈，我心里一疼，眼泪就开始打转。而他一双黑如墨玉的眼睛直勾勾看着我，我脑海里蓦然跳出苏轼的那句“相顾无言，唯有泪千行”，然后就很没出息地开始掉眼泪。

“希子，我已经习惯了有你的生活，我……我很舍不得你。”安逸轩皱紧了眉头，一双眼睛里充满着心疼和愧疚。

“那又怎么样，你还不是要和那个馨檬在一起？”我抽了抽鼻子，脑袋开始突突地疼，这么久吃不下睡不着导致我的身体健康直线下降，今天离开公司时已经有了38度的高烧，只是我不想去医院，重要的是没有那个会哄着我打针吃饭的安逸轩陪着我了。

“小希……”安逸轩咬了咬嘴唇，表情很痛苦，他似乎想要说些什么。

我的眼前开始出现模糊的影子，我咬紧嘴唇也无法缓解这种天旋地转

地感觉，一定是太久没吃东西加发烧，我的身体开始摇晃，耳边似乎是安逸轩紧张又担心的声音，我的大脑意识开始涣散，终于放弃抵抗昏迷了过去，昏迷的那刻似乎看到安逸轩向我冲过来。

第一章 01

一夜回到10年前

（一）

暖洋洋的阳光照在身上，我舒服地翻了个身，松软的被子散发出香香的味道，很久没睡得这么舒服了啊！突然，一阵恼人的闹钟声响了起来，真是讨厌，不过我什么时候上闹钟了？迷迷糊糊地按掉闹钟，我伸了个大大的懒腰，迎着阳光睁开双眼，浅蓝色的墙壁，浮着云朵的吊灯，还有墙壁上大大的向日葵贴纸，我刚想笑着说早晨真美好，就发现有点不对劲，这是我的家吗？我揉了揉眼睛……等等，似乎有哪里不对啊？

我的卧室明明是黑白极简风格，白色的床单黑色的被子，雪白墙壁上疏疏落落地画着几朵黑色莲花，别问我为什么卧室装修这么诡异，这还不是为了迎合安逸轩那个怪咖，那个人特别喜欢日系冷淡风，我为了显得自己很有品位，硬生生将卧室装成了杂志画。如果这不是我的卧室，那我现在是在哪里？

我身下是粉嫩嫩的公主床，身上盖着粉色的被子，床旁边的墙壁上贴着10年前流行的偶像团体照，10年前……天啊！我捂着嘴差点叫出来，这……这居然是我10年前的卧室！而10年前……是我刚升入高中那一年……

我低头看了看自己身上穿着的蓝胖子肥睡裙，这还是我存了很久的私房钱买的漫画同版睡裙，虽然很想讽刺当年我这么幼稚的审美，但这不是重点！我是不是在做梦？我跳下床左摸摸右看看，梳妆台上散乱地放着笔记本和作业本，小兔子形状的橡皮擦已经没有头了，笔记本下缺了一角的牛角梳也还舍不得扔，这真的是10年前啊！我抬起头看着镜子里的自己，短短的头发散乱地堆在脑袋上，眼神是一片迷茫，我摸了摸自己白嫩嫩的脸蛋，不敢相信地问自己我这是穿越了吗？还是时光倒流？我真的回到了10年前吗？

我瞪大眼睛不可思议地坐在了椅子上，仔细回想到底发生了什么？是我在做梦吗？我狠狠掐了下自己的大腿，“疼！”力度太狠让我立马疼得眼眶泛泪，看来不是梦，痛感太清晰……我闭上眼睛深呼吸，我之前经历了什么呢？睡觉之前发生了什么事？慢慢来，好好想一想……

我想到了那个让我又爱又恨的安逸轩，想到了那个喝醉的夜晚，还有

浑浑噩噩心如刀割的那些日子。嗯，然后就是那天下班之后在家门口遇到安逸轩的场景，那个站在黄昏里单薄忧郁的安逸轩，就是那天，我和他没说几句就昏倒过去……我昏倒之后发生了什么？我是整个人回到了10年前，还是时间倒流？也不对，整个人回到10年前我应该还是16岁，所以说，我现在真的只有16岁？我的人生重来了一次？16岁……我的记忆开始旋转。

“宝贝女儿，终于考上高中啦，以后就是大孩子啦，要继续好好加油哦。”爸爸拿着瑟约高中的录取通知书兴冲冲地说。

“虽然不是最著名的圣约翰，考上瑟约也是很棒的，我们家宝贝开开心心长大最重要啦。”妈妈虽然一直希望我考上一级高中圣约翰，但是也从来不会像别的怪兽家长那样强迫我学习。

“瑟约也不错嘛。爸爸妈妈，我一定会努力学习，争取考个好大学的！”我拍着胸脯保证，当然最后是考上了很著名的安第斯学院，还遇到了那个也许命中注定要遇到的安逸轩。

爸爸，妈妈，他们一直那样爱护我，包括和安逸轩在一起之后，他们也是一如既往地支持我，因为分手爸爸还差点要教训安逸轩呢！

“我们家宝贝可是被从小宠大的，怎么能随便受那臭小子的欺负。”妈妈噘着嘴指责着安逸轩。

“就是就是，是我们不要他，好男人多的是，爸爸给你挑个更好的。”爸爸一脸义愤填膺。

“要我说7年前就不该搬家，不搬家就不会遇到那个坏小子了。”

“哎呀，你怎么又扯到搬家的事了？不搬家该遇到也还是会遇到啊。”

我和安逸轩之所以会认识，就是因为7年前那次搬家，我住在了他的隔壁，虽然早听说过他是个学霸，但那之前并没有机会接近他，而且他为人总是那么高傲，不熟的人根本无法靠近，而没有及早地认识他也是我的遗憾之一……

停，我是不是回忆到什么重点了？

圣约翰……那不是安逸轩上的高中吗？当年我以一分之差而与圣约翰无缘，如果现在是10年前，那么安逸轩也是16岁！那我不是可以提前10年和他在一起？我尖叫一声，迅速换了衣服跑出家门。10年前的街道熟悉又陌生，长满常青藤的老街，还有开着不知名野花的巷口。我跑着来到大街上打车，车流如织中我几乎分不清梦境和现实，终于有一辆空车停在我身边。

“小妹妹，你要去哪里啊？”胖胖的司机叔叔笑眯眯地问我，那个时代的出租车司机还流行戴统一规格的帽子，看起来真是好有年代感。

我摸了摸脑袋想那个时候的安逸轩是住在哪里呢，没记错的话应该是幸福路口小区。

“那个，我要去幸福路口小区。”我眨了眨眼略微不自在，我实在不知道该喊司机叔叔还是哥哥啊。

出租车开在路上，很多熟悉的景色电影般回放，我的大脑在懵懂中不停地重复问自己：“我是真的回到了16岁吗？”应该是真的啊，10年前的城市还种满了法国梧桐，10年前流行的歌正跳跃着闯进我的耳朵。

如果我真的回到了16岁……我想起无数小说电影，我该如何改写自己的人生？我能改变和安逸轩的故事吗？安逸轩，我们的命运能改写吗？

“小妹妹，地方到了哦。”司机叔叔友善地提醒我。

“啊，已经到了啊！”我跳下车看着眼前硕大的小区名字，就是这里，安逸轩的家就住在这里！我在这里一定可以遇到16岁的安逸轩！

“那个，小妹妹你还没给钱啊！”司机叔叔在车里，一脸尴尬地看着我。

钱！我瞬间清醒了，我没有带钱！我居然没有带钱就跑出来了！我的脸很快发烧似的红了起来，这可怎么办！

“你不是要赖账吧？看你也不过是个学生，不能白坐车哦。”司机叔叔怕我跑掉，也下了车站在我面前。

我顿时心虚起来，说话底气都不足了：“叔叔，我真的是个学生啊，我今天出门太匆忙了所以忘记带钱了……”

“忘记带钱可不是理由哦，要不然给你父母打电话。”司机叔叔掏出手机，在我眼前晃了晃。

我正要继续说下去，对面突然出现一个熟悉的人影，他的出现好像自带光环吸引了我全部心神，浓眉下大大的眼睛黑如墨玉，高而挺的鼻子立体如雕刻，淡粉的唇边还有一对小酒窝，一米八高的健硕身材，顶着一张俊逸的脸，除了比成年的安逸轩更青涩外，真是一模一样啊！

（二）

16岁的安逸轩，我的大脑一片空白，而安逸轩则完全体会不到我内心的翻江倒海，他淡然自若地走着他的路，眼神连瞟都没瞟一眼我在的方向，而我连心跳都快停止了，只能直勾勾看着他慢慢走近我……然后……擦肩而过……

“安逸轩！”我扭过头冲着他高大的背影脱口而出。

安逸轩的脚步明显一顿，然后转过身一脸冷漠地看了我一眼，语气淡漠得听不出情绪：“你在叫我？”他的眉毛微微挑起。

“我……”我该说什么呢？说我是他10年后的女朋友？他肯定以为我疯了吧，哎呀，我该说什么呢？我紧张了半天最后憋出一句，“同学，我忘带钱了，能借个打车钱吗？”说完，我就想找个地缝钻进去，10年前的第一次见面啊，就这样毁了，不会影响我们之后的发展吧？

安逸轩淡定地看了我两秒，然后冲我翻了个白眼，动作优雅又淡然地走开了……就这样走开了！完全无视我。

我瞬间石化原地，我怎么就忘记了他本身就是这种不爱管闲事的人

呢？尤其是他对陌生人疏离冷漠的态度，我的心又忍不住抽痛起来，我在他眼里不过是个彻头彻尾的陌生人，一点印象都没有的，可是他却像刻在我心头的画，这辈子都不可能被磨灭掉。

安逸轩越走越远，我的视线开始模糊，他连头也不回，丝毫不在乎我的尴尬和窘迫。我僵在原地，我没必要伤心啊，现在的他根本不认识我，千万不要伤心，我想起了我们当年的第一次见面。

“嗨，你好，我是新搬来的哦，听说我们同龄同年级呢。”第一天遇到安逸轩我就主动示好打招呼，毕竟在学校里经常会听到女生花痴他，重点高中的高材生嘛，人又帅。

“嗯，你好。”简单利落地三个字后，安逸轩并没有看我一眼。

真是严重伤害到我这个花季美少女的心，不过我并没有放弃，继续问：“听说你叫安逸轩啊，我叫沙希子，你可以叫我希子哦。”

“嗯。”这次更简单，居然只有一个字的回复，安逸轩面无表情地走进了家门，还“砰”一声将门关上。

那个时候，他在我心里真是留下了十恶不赦的坏印象，如果不是大学刚好和他在一起，也不会有机会在一起吧。

当年的那些事现在想来真是恍如隔世，既然我们现在碰到了……不管是命运的玩笑还是安排，我都一定不会放弃你！安逸轩，我们曾经错过了那么多，这一次我要从头开始，我现在就要开始追你！我要弥补我的遗憾！我冲着安逸轩已经消失不见的方向握紧了拳头。

“那个，小妹妹，打车钱一定要付的啊。”司机叔叔明显已经开始不耐烦了。

“呃，对不起，对不起，叔叔，我真的不是故意的，你送我原路返回吧，我回家拿钱给你。”我立马从石化状态中恢复，这是现实生活啊，我可不能随便做梦啊！

在回家的路上我就开始思考，怎么样才能接近安逸轩呢？无疑是和他考上同一个高中，不就是一分之差吗？找找关系想想办法还是可以挽回的吧！而且距离开学还有段时间，一定有办法的！

司机叔叔这次明显开得很快，让我有一种拿生命在坐车的感觉。

“司机叔叔啊，你可以开慢点，我肯定不会欠你车钱的。”我一脸愧疚地说，“今天真的是个意外。”

司机叔叔并没有怎么理我，很快车就开回到了我家，我一阵风似的回家拿了钱给司机叔叔，然后跑回家里开始整理自己的成绩单，顺便酝酿下情绪等父母回家。

五点整，我妈就准时打开了房门。

我立马高喊一声“妈”扑过去，顺便拿好拖鞋倒好了水，一路将我妈扶到沙发上坐好。

我妈看我的眼神明显不对劲，一种你到底想干吗的疑问写了满脸。

“妈妈，我还是想上圣约翰，一分之差嘛，一定有办法补救的吧，有没有补考什么的呢？我连成绩单都准备好了，除了数学错了一题外，其他

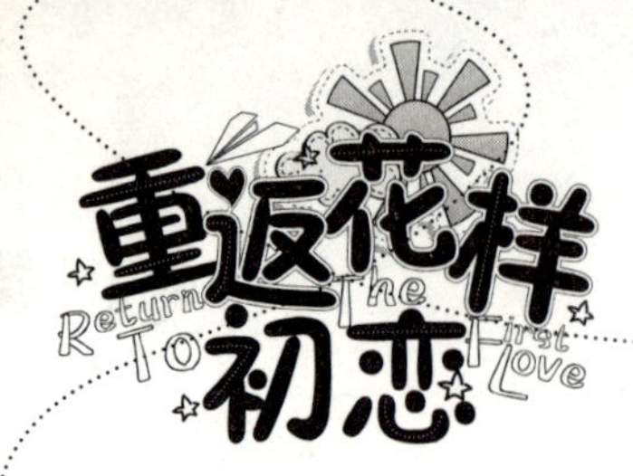

都没什么问题的啊，拜托了，我要上圣约翰。”

“啊？你没发烧吧？不是说好去瑟约了吗？”妈妈一脸茫然不解地看着我，“两个都是好高中啦，去哪里都可以啊。”

“我不要，我就是要去圣约翰，我就是想证明自己！”我一脸悲愤地说，“圣约翰是我理想的高中，是我人生最重要的起点！”我此时此刻仿佛被无数崇高的前辈附体，觉得只要上了圣约翰就能拯救我整个人生甚至这个社会。

妈妈目瞪口呆看着我：“宝贝，你受什么刺激了吗？”

“妈妈，我很好，我就是突然找到了人生目标。”我低下头看着成绩报告单，“一分之差，只是一分，我就这样与我的梦想失之交臂……”我的眼泪都飙了出来，安逸轩啊安逸轩，如果我和你在同一个起跑线，会不会就少走很多冤枉路?

“有没有这么严重……”妈妈皱眉看着我，表情很无奈。

正好这时候门外想起了咳嗽声，这是爸爸在门口的习惯性动作，为了不吓到我和妈妈，爸爸每次都会在门口先咳嗽一声再打开门，妈妈听到这动静立马一脸看到救星的表情：“你爸回来了啊！”她站起身朝着门口走去，门一开，西装革履拿着公文包的爸爸就走进来了，笑眯眯看着我和我妈问好：“你们都在呢？”

“老公，我们宝贝女儿今天好反常啊！”妈妈她一下子就扑到了爸爸的怀里，我震惊地看着他们两个人。

爸爸的国字脸上挂着疑问，他无奈地扶着妈妈的手问："这是怎么回事啊？"

"不知道，我一回来她就闹着说要上圣约翰。"妈妈小声回答。

"爸爸，我真的想上圣约翰，想想办法嘛！"我嘴巴一撇就要哭出来。

爸爸瞪大了眼睛看了我一眼，又转而去看妈妈："怎么突然想上圣约翰了啊？宝贝是不是受什么刺激了？你是不是又给她压力了啊？"

妈妈伸出五指山就在爸爸屁股上重重拍了一下，冷着脸斥道："哼，你问我我问谁啊？这可是我的宝贝，我怎么会给她压力呢？再说成绩都下来了，学校都定好了，这时候还能有转机吗？都是你不好啦，当时让你找关系就是不找，1分之差很重要吗？人家东东差了10分不是照样上？"妈妈指着爸爸开始发牢骚。

我无限愧疚地看着爸爸，对不起了爸爸，为了我的幸福，就害你被妈妈骂吧……不过从小到大，爸爸为我背的黑锅也太多了……看着年轻了10岁的爸爸，肩膀依然挺拔，一头黑发被梳理得一丝不苟，国字脸上还未爬上皱纹，想到10年之后他苍老了的面容，却依然把我当成宝贝那么宠爱，我的眼眶一红，就真的哭了出来。

"哎呀，宝贝不要哭，其实也不是没办法的嘛，我知道今年圣约翰有个扩招计划，我去打听打听，爸爸怎么会不理宝贝女儿呢？"爸爸看我哭立马就丢开妈妈跑来安慰我。

“哼，这还差不多，你啊别哭了，见你爸就知道撒娇，好好去洗个脸，我去做饭，真是不让人省心。”妈妈冲我和爸爸翻了个白眼，换了身衣服就去厨房忙碌了。

爸爸摸了摸我的头笑嘻嘻说：“虽然有机会，但还是看成绩的哦，你可不能松懈学习，其实去哪里上学都一样，你不要总想着和其他人比，爸爸知道你想去好学校的理想是好的，但是在哪里都一样读书，一样考大学，爸爸嘴比较笨，女儿这么聪明一定懂，爸爸不希望你勉强自己，也不希望你因为别人的话去攀比。”

我低下头红了脸，一丝羞愧爬上心头，如果爸爸知道我是为了一个男生闹，肯定会气死吧！但是人生那么长，遗憾那么多，我既然可以有奇迹回到10年前，就不想再错过，爸爸妈妈，这一次我一定会乖乖听话，除了追安逸轩，我一定会做个好女儿！

（三）

难得的暑假，10年前我几乎天天在外面疯玩，但是现在的我已经对那些小孩子的玩意不感兴趣了，所以很乖地每天待在家里，帮忙做做家务，偶尔还会在厨房打打下手，弄得妈妈老大不自在，看我的眼神怪怪的。

“你是风儿我是沙，缠缠绵绵到天涯……”熟悉的歌曲从电视机里飘出来，我熟视无睹地继续剥蒜，这么幼稚的电视剧也难为当年的我天天追了。

妈妈切菜的手停下了，看我的眼神再次充满了不可思议："你最爱的电视剧播出了，你居然不出去看？"

"哎呀，那些电视剧很没营养的，还不如陪妈妈做饭有意思啊。"我笑眯眯地回答。

"这真的是我的宝贝女儿？"妈妈自言自语地说，然后继续默默做饭。晚饭是照旧的三菜一汤，有红烧排骨，清炒白菜，土豆丝，番茄鸡蛋汤，因为有了自己的劳动，我觉得格外香，坐在饭桌旁眼巴巴等爸爸回家，门外传来一声咳嗽，我顿时有了精神。

"宝贝，爸爸回来啦。"爸爸一进门就先对我笑着说，然后换了鞋子走进来。

"爸爸，今天的饭可有我参与哦。"我献宝似的说。

"难怪从上楼就闻到香味啦，真是好饿呢。"爸爸走到餐桌旁闻了闻。

"你啊你，眼里只有你宝贝女儿啦。"妈妈噘嘴嗔怪。

"要不是我美丽大方优雅迷人的老婆，我哪能有这么好的女儿。"爸爸赶紧安抚妈妈的情绪。

"少贫嘴了，学校的事你沟通得怎么样了？"妈妈瞪爸爸一眼，"这都快半个月过去了啊。"

“这个，其实我一直在沟通，也找了熟人，只是现在的确很难办，但是圣约翰每学期都会有个扩张考试，可以等下个学期再去考。”爸爸的脸上献出一丝无奈和愧疚，“对不起啦，女儿。”

“爸爸，是我该说对不起才对，你为了我上学真是操碎了心，我知道自己闹着要上圣约翰很勉强，是我平时不努力成绩不够好，既然没办法就算了，这学期我一定好好学习，下学期一定可以考上圣约翰！”看着爸爸道歉的脸，我心都要碎了，明明是我无理取闹在先，也是我成绩不够，却闹着让爸爸妈妈负责，也许真是长大了，才能了解父母对孩子的包容。

爸爸的眼睛都有些红了，激动地搂着妈妈说：“哇，女儿真的是长大了啊，这么懂事了，你看，我们女儿以后一定很出息！”

“行了行了，好好吃饭吧，虽然没成功，但也总算是好消息。宝贝，爸爸妈妈把路给你搭好，你也要自己加把劲才行，你也知道我们家不是大富大贵，也不是所谓的关系户，门路虽然能问好，能不能考上还是看自己。”妈妈拍掉爸爸的手，在餐桌上坐好准备开饭。

这一顿饭就在其乐融融的气氛中吃完，吃完饭我还主动帮妈妈洗碗收拾，重回16岁，我也要弥补自己没尽到的孝道。看着客厅中相依而坐的爸妈，我心中感慨良多，以前真是生在福中不知福，真的经历过，才知道这样的平安喜乐是多么幸福，三个人在一起的日子是多么开心！想想长大之后忙着上班赚钱，忙着恋爱，忙着社交，反而将亲情搁置了。

“女儿，真的是好乖，居然还会切水果了。”妈妈看着我将削好的苹果递到她手中时，惊讶的几乎掉了下巴。

“嗯嗯，乖，希望能坚持下去哦。”爸爸笑眯眯地拍了拍我的头，眼神中无限欣慰。

陪着爸爸妈妈看了一会儿他们喜欢的电视剧，我回到了自己的房间，算来暑假也即将过去，我抱起书本打算刻苦一下。笨鸟先飞嘛，我从来不觉得自己很聪明，想要考上圣约翰也绝对不能靠运气，我的安逸轩，你再等等我，我一定可以追上你的脚步！

“希子，我们分手吧。”安逸轩的脸上挂着决绝表情。

“什么？分手？”我瞪大眼睛看着面前一身黑衣的安逸轩，“为什么？我不要。”

“希子，我们不合适，我……我要对另一个人负责……”安逸轩低下头，表情有一瞬间愧疚。

“什么？我不懂，你要和谁在一起？”我的大脑整个蒙掉了。

“是……我曾经对不起的女人，我们很早就在一起了，可是后来……总之，是我辜负了她。”安逸轩的眼睛依旧那么清澈，只是里面盈满了悲伤。

“那我呢？”我的眼泪也落了下来，“是馨檬？你最爱的女人？”我的声音都在颤抖，说出那个我记忆中都已模糊的名字。

“希子，对不起。”安逸轩转身离开。

满天的雪花飞舞，冰冻了我整个身体，我觉得好像有一把利剑深深刺

入我的心脏，没有鲜血，却碎了我的五脏六腑。

睁开眼睛，发现枕头已经湿了大半，我摸了摸自己的脸，原来我又哭了。我又梦到了那个分手的场面，然后在梦中哭得无以复加，我想如果我继续加把劲，是不是能早一点出现在安逸轩的生命，是不是，就不会有那个馨檬的什么事了呢？

（四）

既然醒了，我就起床开始看书，顺便想想我高中时候发生的事。瑟约高中，承载了我整个青春期的地方，我在那里有欢笑有泪水，有最好的朋友也有最虚伪的朋友，还有那个我曾经以为的初恋，当年的我真的是很傻很天真啊！我翻看着笔记本上贴着的明星贴纸，10年之后，他们也早已变换了形象，有的退出舞台有的成了巨星，我拿起笔在他们的贴纸旁细细配上一句话，突然觉得这样去贴吧发个爆料帖肯定爆红，不过我还是很低调的，有些事自己知道就好，我曾经吃过那么多次亏，应该要学聪明了。

瑟约距离圣约翰并不远，以后我上学早一点，放学晚一点回家，还是有机会遇到安逸轩的啊，应该多制造点机会。想到机会，我脑子突然就蹦出闺密加死党铃铛的名字，这个小辣椒般的女生可是我10年来唯一不变的好姐妹，而她考上的恰恰就是圣约翰高中！

铃铛啊铃铛，为了我终生幸福，看来你要多付出一点啦！我贼贼笑着，立马约了铃铛吃午饭加逛街，铃铛对我消失了快整个暑假表示了不满，但我表示愿意再多请一个麦当劳甜筒，她立马就释怀了。

“其实瑟约也不错，距离又很近，你不要沮丧哦，当时听说你哭着闹着要上圣约翰，我都被吓到了，你不是一直说瑟约很不错的吗？”铃铛舔着甜筒，一脸天真地看着我，语气带着劝慰。

“那是当时啊，人是会变的嘛，圣约翰是一级高中，你又在，我当然想要去啦，我一个人留在瑟约上学多无趣啊！铃铛，以后可能要多拜托你哦。”我一脸恳求的神色。

“我们什么关系啊，干吗说这么见外的话，有什么需要找我就行了啊！不过，希子啊，我总觉得你好像有点变化。”铃铛甩着她的两条长辫子看着我说，“好像……成熟了？哎呀，我不会描述，反正感觉你和之前不太一样了。”铃铛继续舔她的甜筒。

我心虚地摇了摇头，瞪大眼睛说：“哪里有不一样啊，胖了吗？我最近天天窝在家里，不是吃东西就是看书学习，真的是快要傻了呢，一会儿去打游戏机吧，我请客！”

“哇，这么大方！”铃铛一听要打游戏机就两眼放光，连甜筒都没吃完，就拉着我往游戏场跑。

果然还是10年前的人比较单纯，一场游戏机一顿麦当劳就可以解决所有矛盾问题。看着打着游戏的铃铛，她真的是没怎么变，10年之后依然是

长发飘飘，依然是那个我一个电话就可以叫出来的好朋友。

“喂，你干吗一直看着我啊？一起来玩啊，你今天好像怪怪的。”铃铛冲我翻了个白眼。

“来了来了。”我收拾起心情加入战斗，不能忘了，我就真的只是个16岁孩子啊！

多年未曾有过的暑假，就在我一天天勤奋和懒惰交替中度过了，很快就到了开学的时间，我反而兴奋起来。因为暑假在家实在很难有机会见到安逸轩，虽然为了他我没事就去他小区逛荡，但是竟然一次也没再见到他，毕竟都在暑假，他的时间真的很难猜。上学就不同啦，我就不信会等不到他！安逸轩，你等着吧，我很快就会出现在你的生命里了！

“希子，我好爱你哦，我们永远也不要分开了。”白马王子一样的安逸轩骑着白马对我表白。

“我也好爱你哦，就像爱我的生命！”我抬起头盯着沐浴在阳光下的他，语气坚定。

安逸轩冲我伸出带着白手套的手，我将手递给他，他一个用力，我已经跃上马背，他从后面环抱着我，声音温柔如水：“希子，我们一起浪迹天涯，红尘做伴，再也不分开。”我沉醉在他的怀中，“抱抱……”我喃喃自语，“啊！我的头！”我一个翻身竟然摔在了地上，我揉着发痛的额头，心里却透出甜蜜。这么久以来，我还是第一次做这么甜蜜的梦，是不是意味着，我和安逸轩的感情，也会有个好的开始呢？

第二章 02

少年，我来啦！

（一）

暑假就在我的刻苦学习和感慨中度过了，当我再次注意到日历的时候，发现已经快要开学了，对于开学我充满了憧憬，久违的校园生活让我充满了向往。

开学第一天，闹钟还没响起，我已经清醒，跳下床穿上白衬衫蓝裙子，再在头发上别一个蝴蝶发夹，当年的我都不懂得打扮自己，白白浪费了最好的青春年华。现在可不一样，我一定要好好打扮，好好重新体验自己的16岁。

“哇，不是因为开学第一天紧张吧，起来这么早。”妈妈刚做好早饭就看到我收拾整齐的模样，不过我近来的变化很大，她也有些习以为常了。

“亲爱的妈妈，新学期新气象嘛，我是要好好学习争取转圣约翰的人啊！”我笑容满满活力四射，坐在餐桌前觉得空气中都是芬芳的味道。

瑟约高中距离我家并不算远，坐公交车四站就到了，吃完饭我再次对着镜子整理了一下仪容，才背着书包出门。

九月的阳光依旧刺眼，我打着太阳伞在路边等车，那时候的车站还没有什么挡风挡雨的地方，只是一个简易牌子上写着几路公交车和行车路线。我将耳机戴在耳朵上，曾经最爱的歌就钻进了我的耳朵，我的眼光还是很不错的，这个歌星日后也成了天王巨星，勾搭了一个很小的妹子结婚生子。

瑟约高中的校名在阳光下闪闪发光，我深深呼吸平复自己激动的心情，一会儿就要见到许多熟悉的人了，我喜欢的不喜欢的，一起玩过闹翻过的，自从毕业之后几乎都再没见过了。很多事情就是这样，因为见不到反而会怀念，没想到有生之年还能有重新跟他们相处的机会。

我走进瑟约，一切是那样熟悉，学校外摆满了蝴蝶兰，教学楼是砖红色的墙，教室门被涂成深绿色，上面有白色油漆写的班级名，我熟门熟路地来到自己所在的高一（3）班，里面已经来了大半的同学。

“Hello，你好。”胖胖的李铭冲着我招手。

“你好啊，李铭……”我突然捂住了自己的嘴，我怎么能提前知道他的名字呢！

“你怎么知道我的名字啊？”李铭笑呵呵地问，似乎并没有太纠结的反应，他一向心宽体胖，除了吃喝不爱动脑子。

“那个，你本子上写着呢。”我傻呵呵笑着回答，同时伸手指向他面前摊开的书本。

李铭傻呵呵一笑：“对啊对啊，我都没注意呢，你叫什么名字啊？”

“我叫沙希子，你叫我希子就可以了。”我朝着自己的座位走去，记得当年第一次坐这里，还被椅子边的钉子扎到过，我小心翼翼将钉子掰开，一定要避免当年的事故。

“哇，希子啊，真是太巧啦，你越来越漂亮了。”我刚刚坐好就听到一个熟悉的女声热情地喊着。

我抬起头，心内泛起一阵冷笑，原来是那个虚伪做作的熏怡然，当年我把她当成最好的朋友，没想到人家并没有把我当朋友。

“哦，是你啊，真巧。”我笑容浅淡地打了个招呼。

熏怡然似乎没料到我态度这么冷淡，径直在我身边坐下后盯着我看，那双漂亮的大眼睛里充满了探寻，在我看来却全是心机：“希子啊，我们从初中同学变成高中同学，真是有缘啊。”

“嗯，是有缘分。”我将报到需要的东西一一掏出书包，然后坐好，并没有继续跟她说话的心思。

同学们陆续都来到了，我一边看着他们现在热情洋溢的样子，一边想着10年之后他们的面容，真的是比看电影还有意思。

班花蓉蓉10年后嫁给了一个超级富豪，变成了肥肥的富婆。丑小鸭悦悦凭借自己的努力，脱胎换骨成了大美女加畅销书作家，我现在是不是要打好关系，以后就可以说她是我高中时代的好朋友了呢？

哇，还有最意想不到的一对，学霸班长杉木居然和小太妹在一起了，还生了两个孩子，就是生活比较困顿。

“哈哈哈……”想到他们在同学聚会上吵架的场面，我就忍不住笑。

“神经病！”杉木瞪了我一眼，小声说了一句。

我收回眼神盯着桌面，不行，我要忍住，不然他们会怀疑我的啊，肯定会把我当神经病孤立起来。于是，我就像个未卜先知的智者，默默看着懵懵懂懂的同学们，那种感觉简直无法形容。

“希子啊……”熏怡然欲言又止地喊着我的名字。

“别说了，老师快来啦。”我打断身边的熏怡然，整装待发地坐好。

熏怡然瞪大眼睛看着我，过了片刻，教室外果然走进来一个穿着黑色套装的中年女人，她就是被我们称之为灭绝师太的班主任任老师，长着一张胖乎乎的圆脸，笑起来很是慈眉善目，但是严肃起来板着脸也是吓人得很，想到她在四年后因为食道癌去世了，我不禁悲从中来，觉得生命变化的无常，一时间连眼睛都红了。

“同学们好，从今天开始，我就是你们的班主任了，将陪伴你们未来三年的高中生活，我叫任雨，任务的任，下雨的雨。”

“任老师好！”我的情绪有些激动，在座位上大声喊道。

“这位同学好。”任老师显然被我的声音吓了一跳，不过还是保持微笑地跟我打招呼。

我的脸顿时红了，真是表现得太明显了，同学们肯定以为我拍马屁了，果然我眼角瞥到的地方都有同学在翻白眼。

就因为开学第一天的“独特表现”，我被破格任命为学习委员，要知道10年前的学习委员可是英文课本里同名同姓的王梅梅啊，我总觉得王梅梅自此以后看我的眼神就不一样了。

而我的同桌不出意外是熏怡然，熏怡然每天都在特意讨好我，要么给我带好吃的，要么送我小礼物，这些在曾经的我眼里是那么温馨甜蜜的事，想到她日后对我的种种刻薄言行，就觉得讽刺，但是我并不想拆穿她，这样的人少打交道就可以了。

高一生活对我来说还是比较好应付的，虽然有时候我会因为未卜先知犯一些错误，但基本还是可以自圆其说，所以尽快习惯之后我的作战目标就回到了追安逸轩身上，这才是我穿越回来的最大目标！

（二）

为了接近安逸轩，我再次拜托了铃铛这个死党，铃铛架不住我死求活求，答应带我进圣约翰转一圈，得知这个消息我兴奋得差点没睡着。圣约翰门禁很严，走正门肯定是进不去的，我叫铃铛找了件多余的校服，打算翻墙爬进去，为了安逸轩，我也算是拼了！

第二天，我一早来到学校，觉得浑身都充满了能量。熏怡然看到我的时候，还讨好地问我怎么心情那么好，我心情好就和她东拉西扯了一会儿最近的娱乐八卦，她露出一副受宠若惊的模样，反而让我觉得有点烦恼，她实在是太会演戏了。

午休时间终于到了，我一听到下课铃就急匆匆跑了出去，也不管历史老师诧异的眼神。出了瑟约后，我偷偷摸摸来到与铃铛约定的墙角，现在这个时候同学们都在外面吃饭休息，校园里难得的安静，铃铛抱着衣服小心翼翼地走着，一副心虚的模样。

“嘿，我来啦！”我悄悄走到铃铛身后一拍。

“啊！”铃铛被我的声音吓了一跳，手中的校服险些掉在地上，看清是我后才拍着胸口红着脸说，“都是你啦，为了帮你做这种事，真是吓死

我了，居然故意吓我！”

“对不起嘛，开个玩笑，最爱你了！”我做出亲吻的动作，麻利地换上校服准备翻墙。

“你真的要翻墙过去啊，其实我们学校也没什么好看的啊，你们学校也有假山流水小花园，没什么区别啊，你为什么非要去我们学校？”铃铛拽拽我的衣角，表情很是犹豫，“被抓到可是很严重的啊。”

“放心啦，我进去参观参观，我已经在努力学习啦，下学期一定可以来圣约翰读书，你就放心好啦。”

“哎呀，我总觉得你最近怪怪的，从来没见你这么努力学习过，你是不是受什么刺激了呢？以前从来没听你说过想要上圣约翰啊？”铃铛一脸纳闷地看着我。

“铃铛啊，如果我说我是因为一个男生，你会看不起我吗？”我低下头满脸羞涩地说，铃铛是我从小到大的死党，我并不打算瞒她很多事。

“啊？男生？不会吧！”铃铛吃惊地看着我，“我们学校最出名的男生，不会是那个学霸安逸轩吧？”

“就是他！”我听到他的名字都觉得眼睛放光。

铃铛继续不可思议地看着我：“你什么时候喜欢上他的啊，你们根本没见过吧，听说他为人很高傲，我和他一个学校一个年级，都没交集，你们什么时候认识的啊？”

“那个，这件事说来话长啦，我以后慢慢告诉你，我们现在先进去再说，我翻墙，你从大门进。”我开始爬墙。

铃铛无奈地摇了摇头，飞快地向校门口跑去，她在里边接着我，防止我发生什么意外。我10年后的体型和现在差不多，所以翻墙什么的体力活难不倒我。我手脚迅速地爬到墙头再跳下去，正好铃铛也及时赶到。

“完美，我们快去逛逛吧。”我兴奋地拉着铃铛的手。

“真拿你没办法，怎么像突然变了个人似的，安逸轩现在应该在操场。”铃铛翻了个白眼继续说。

我拉着铃铛往操场走去：“他还是喜欢午饭前打篮球啊。”我小声地自言自语。

“你说什么？”铃铛好奇地看我一眼问。

“没什么啦，哇，安逸轩啊！”我两眼冒星星地看着篮球场上穿着白色球衣的安逸轩，他皮肤本来就比一般男生白，穿白色不能更好看，那一双好看的眉眼在阳光下更增加了一些英气，汗水在头发上冒出水晶一样的光芒。他动作娴熟而敏捷，拿球投篮一气呵成，真是帅的令人赞不绝口！以前听他吹牛说高中打球更帅时我就觉得遗憾，多么想看看高中时代纵横篮球场的他啊，今天终于梦想成真了！我觉得天地都安静了，只剩下我和他。

我傻兮兮地笑着看他打球，成年的他和此时的他交相映错，我心中感

慨万千，这样俊美的少年，我当年怎么就错过了呢！不知道是不是我的阳光太炙热，还是我们之间有心电感应，他看了我一眼，随即就频频看向我。

“他看了我好多眼呢，他会对我有印象吗？哎呀，我真是想得太多，他明明都不认识我，他还记得那天丢脸的自己吗？”我内心忐忑不安地想着，在他又一个投篮动作中，我忍不住用力拍手，就像个小粉丝一样。

在我剧烈的拍手中，安逸轩手一抖，球竟然偏了一点点，从球篮滑过。

“啊！”我尖叫起来，我的男神怎么可以有失误呢，“加油啊！”

安逸轩反应也很快，在对手抢到球之前，他已经快速拦住再次投球，这次球稳稳进了球篮，他擦了擦额头的汗，偏过头又瞪了我一眼。

“好厉害啊！”我大声呼喊着。

“小声点啦！”铃铛在用力拽我的胳膊，“不要引起那么多人注意好不好，我们可是偷偷溜进来的！”她在我耳边小声提醒。

“对不起对不起，我尽量收敛点啦。”我不好意思地点点头，可是眼睛就好像黏在了安逸轩身上，怎么也移不开。

篮球比赛逐渐进入白热化，我激动地看着安逸轩，不停地为他摇旗呐喊，弄得铃铛不得不死死掐住我的胳膊，提醒我注意。我闭上嘴看着被她掐红的胳膊，稍微收敛了一点点，可是，当安逸轩再次进球时，我就又控制不住了，他健硕的身材简直是篮球场上的一道风景！

“安逸轩，你太帅了，你是我的男神！”我朝着安逸轩大声喊着。

“不就是长得帅点，球打得好点，你太夸张了吧。”铃铛对我的反应很是不屑，“看完就走吧，女生要矜持点。”

“这可是我终身大事，我不要走啊。”我定定地看着安逸轩，一步也不肯动，我来这儿不就是为了看他吗！

“终身幸福？你没发烧吧？”铃铛伸出手在我额头上摸了摸，“没发烧啊，怎么回事啊？”

“我没事，我只是在欣赏帅哥啊，多帅啊……”我在心里偷偷补了一句，“这样帅的人就快是我独有的啦！”

安逸轩看我的次数还挺多，只是那眼神很让人捉摸不透，似乎……他是在探寻我是谁。很快，一场球赛就要结束了，我卖力地当着拉拉队员，午休时间并没有很多人在看球，我真是爱死了这种霸占男神的错觉。比赛结束，安逸轩那队毫无疑问赢了，我欢呼着朝他走过去，他墨玉一般的眼睛深深瞪着我。

“你好啊，渴不渴？”我熟门熟路地从地上找出他的水瓶，他曾经跟我说过这个印着樱木花道的水瓶跟了他很多年，我在他的家里见过已经锈迹斑斑的同款，男神还是很专情的男神啊。

“嗯，谢谢。”安逸轩挑了挑眉毛，一副不可思议的表情瞪着我，我

拿着水瓶没有多余的话，他瞪了我一会儿，还是将水瓶接过去了，然后拧开瓶盖大口喝起来。

我看着他滚动的喉结，只顾着傻笑，这画面真好看。

“那个，我们见过吗？”安逸轩拧上水瓶盖看着我问，他的眼神中充满了困惑，有不解也有惊诧。

我点了点头：“见过啊，之前见过一面，以后嘛……”我声音低下去，“就天天见啦。”

“What？”安逸轩瞪着我冒出一句英文，他将水瓶放好，“真是个奇怪的人。”

“你对我真的一点印象都没有吗？”我依然傻笑着看他。

安逸轩擦了擦额头的汗，低下头似乎在沉思，我就继续笑呵呵看着他，如果不是大庭广众，我真想扑过去抱住他。

安逸轩身子抖了抖，看我的眼神有了一丝戒备。

“我们真的见过啊，你再仔细想想啊，也就是前两天的事啊！”我收起傻笑认真地说。

安逸轩偏头想了一下，阳光打在他的侧脸上，将他的皮肤衬得更加白，他浓密的长睫毛像小扇子似的忽闪忽闪。

“啊，是你啊。”安逸轩拖长了语调说道，“那个怪人……”他的身体不由自主后退，拉开了跟我之间的距离。

“别误会啊，我没有恶意的！”我赶忙解释，不想吓到他。

“你怎么知道我的名字？”安逸轩盯着我的脸问，语气并不是很友好。

“呃，这个，你在高中生里本来就很有名啊，而且你又帅……学习又好……”我搜肠刮肚地说。

安逸轩对着我翻了个白眼，打算不再理我，“我去吃饭，你不要跟着我。”他冷冷地说。

（三）

“去哪里吃饭啊？我也没吃饭呢，要不要一起啊？”我洋溢着笑脸问。

“不用，我带饭了。”安逸轩看我一眼，转身就走。

“那个……”我跟在他的后面，并不打算放弃。

“希子，不要跟啦。”铃铛拉着我的手，不让我继续跟。

“我不要啊！”我的眼里只有安逸轩，硬生生拖着铃铛跟了上去，谁也不能阻挡我追男神的脚步啊。

铃铛被我不情不愿地拉着跟在安逸轩的身后，不停碎碎念道：“真是

丢脸啊丢脸，你能不能放开我的手！”

安逸轩径直走向高一（3）班，我差点就跟着走了进去。

“喂，这是我的教室，你是哪个班的？”安逸轩伸手拦住我问。

我支支吾吾了半天说不出来，求助似的看了铃铛一眼，铃铛无奈叹口气，并没有想理我的意思。

安逸轩冷哼一声走进教室，关上教室门的时候，还不忘看了我和铃铛一眼说：“不许再跟着我！”

“哎呀，真是丢脸，我们去吃饭吧，吃完饭下午你还要回学校的啊。”铃铛拉着我往回走。

“不要啊，我不要吃饭！”我抱着一根柱子不肯走。

铃铛一副恨铁不成钢的表情瞪着我，“不要这样好不好，哎呀，我怎么会答应带你来学校！”铃铛愁眉苦脸地站在一边，又不能真的不理我。

大概过了10分钟，安逸轩重新走出了教室，我的双眼顿时像见到猎物一样发光，拽着仍在后悔的铃铛跟在他的身后。

安逸轩每走几步就回头看我一眼，我立马就装作要去其他地方或者找其他人的模样，他皱了皱眉头，很嫌弃的表情。

我若无其事地跟在他的身后，上楼下楼，他去卫生间我就等在门口，他去其他教室玩我也等在门口，这些我曾经不屑一顾的事情，如今做起来竟然津津有味。长长的白色走廊，刷成黑白琴键的楼梯，还有被阳光晒得烫手的不锈钢围栏。我不仅是在追逐安逸轩，也是在回味高中时代，圣约翰这个梦想中的高中，我一定会来这里上学的！

当安逸轩从其他班级走出来时，不出意外就遇到了我，他俊美的脸上显现出愤怒的神色，我立马一脸无辜地趴在栏杆上向外张望："从这里看，校园好漂亮啊。"我扯着铃铛说。

铃铛已经完全不想理我了，将头趴在栏杆上郁闷地叹气。

安逸轩继续迈动脚步，我眼角瞥着他的动向，继续跟在他的身后，这次他并没有东拐西拐而是直接回了教室，绕了这么一大圈，他显然也没什么耐心了。

我就停在他的教室门口，透过窗户，我能看到他走向倒数第二排靠墙的位子坐好，然后拿出纸巾擦了擦脸上的汗水。阳光照在他的身上，真是一幅美好的画面，我要是能这样一直静静看着他该多好。我的安逸轩，我想到了大学时代我们一起上课的场景，他总是坐在靠窗的位置帮我挡阳光，那时候我偷偷看他，心里如同吃了蜜一样。

可是，偏偏有个不美好的人出现！沉醉在美男画面中的我身体一震，就看到一个穿着白衬衣蓝裙子的女生向安逸轩走过去，她手中还拿着一瓶酸奶，这是要做什么？我努力向窗户靠近，企图听清楚他们的对话。

"安逸轩，请你喝酸奶哦。"那女孩说话声音嗲嗲的，一听就很做作。

安逸轩慢条斯理地整理着自己的课本：“不用，你自己喝吧。”

“我特意给你带的呢，我早上喝过了哦。”那女生不放弃地说，说完就将酸奶放在了安逸轩面前。

我噘了噘嘴，早就知道这家伙在高中时很受人欢迎的，“安逸轩，你不能喝她的酸奶！”我趴在窗口喊道。

安逸轩被我的声音吓到了，身体猛地站起来看向我的方向。

“你怎么在这里？我的事轮不到你管。”他气冲冲说道。

“为什么轮不到我管？我就是不要看到你和其他女生说话，你说过要只对我一个人好的，哼哼！”我推开窗户冲着安逸轩说，一想到他并没有继续义正言辞拒绝那女生我就生气，他怎么永远都这样，好像永远不会拒绝，所以，所以才会让别的人有机可乘！

“我都不认识你，我就是喝了别人的酸奶又怎么样？她可是我同学。”安逸轩脸色一白，拿起桌子上的酸奶就喝起来。

“安逸轩，你真的不认识她吗？”那女生柔柔弱弱地问道，“她好凶哦。”

“不要理她，我真的不认识她，也不知道她是哪个班级的。”安逸轩冲着那女生说道。

不认识我？我眼睛都快要喷火了，就差冲进教室抓着安逸轩大吼一通。

“你说什么只喜欢我一个人都是骗我的，大骗子！”我委屈地喊。

“好啦，不要这样，很丢脸啊，对不起对不起，我朋友最近看小说看得太多有点入迷，快要上课了啊，我们先走了！”铃铛生拉硬拽地将我从安逸轩的班级门口拉走。

我一边被她拖着走，一边恋恋不舍地看着安逸轩的教室：“安逸轩，你总有一天会记起我的！”

“喂喂喂，你到底怎么了啊！”铃铛将我拖到一个僻静的地方才松开我，她像看着陌生人一样瞪着我，“你真的没问题吗？怎么像变个人似的，你以前不是对帅哥很免疫吗？你不是最瞧不起倒追男生的女生了吗？今天是吃错药了吗？安逸轩明明不认识你啊，还是说，你有事瞒着我？”铃铛突然靠近我的脸，探究地看着我问。

我努力平复了下自己的心情：“那个，没什么，我可能真是看小说太多入迷了……”铃铛为我解围的借口此刻也被我重复利用一遍，不是我不想说，而是这件事根本没办法说清楚。安逸轩，现在的安逸轩还不认识我，哦，他不认识我，想到这里就心痛，还有那么多虎视眈眈的女生，我一定要加紧学习尽快争取到来这里上学的机会，不然我的安逸轩就要被别人抢走了！

“你下午还要上课的啊，午饭都没吃，你赶快把校服换了回学校吧，我也要回去准备上课了。真是郁闷，被你这么一闹，不知道老师会不会知

道。幸好安逸轩属于比较冷的学生，应该不会主动去找老师，不然我们两个人都要死定了！”铃铛在一边催我换衣服，同时后悔不迭地碎碎念。

“谢谢你铃铛，今天是我太激动，我保证下次再也不会了！”

“下次？拜托了，今天就是最后一次了，下次就是你真的来这里上学的时候了！”铃铛冲我做出一个大大的交叉手势，示意今天的事绝对不能再发生一次。

“好啦好啦，对不起，害你今天午饭都没吃，改天我请你去肯德基！”我很大方地拍了拍胸口，为了好朋友和男神，该破费时就要破费。

“得了，快走吧，注意安全，我不能出去接你了。”铃铛将我带到墙角，目送我爬墙出去。

我三下五除二爬上墙，再顺着另一边爬下去，不得不佩服我自己爬墙的技术越来越好了，这可都是当年翻宿舍翻出来的经验啊！

（四）

我翻下墙，站在圣约翰门口整理了下自己的校服，真是遗憾，我都没怎么正式和安逸轩说上一句话呢，我都没有好好逛逛圣约翰呢，谁叫我考试成绩差了一分呢！我一边走，一边愤愤不平地自言自语。

“啊，希子，你怎么在这里？”就在我拐弯回学校的时候，竟然碰到了熏怡然！她很吃惊的样子看着我问。

“呃，我吃完午饭随便逛逛啊，好巧啊，你来这里做什么的啊？”我摸了摸头，迅速想着借口。

熏怡然朝着我身后看了看，偏了偏头说：“我是打算去圣约翰旁边的零食店买泡泡糖吃，我们学校附近的都没有草莓味道的了，你中午吃的什么啊？”

“呃，我就在圣约翰附近随便吃了点，你要去买泡泡糖啊，我陪你好了。”反正现在还不想回学校，我心里想着的全部是圣约翰。

熏怡然挽着我的手向圣约翰走去：“我们两个好久没这样一起出来玩了呢，你一个人吃午饭也不叫我，以前都不知道你喜欢来这边吃饭呢，你不是总说自己学校门口有吃的，就不要去那么远吃了吗？”

“偶尔也要换个口味嘛，就像你啊，你也很不喜欢出来啊，怕太阳晒黑了，怎么还跑这么远路买泡泡糖？”没办法，知道了熏怡然真正人品的我，对她怎么都喜欢不起来。

“沙希子是我好朋友？别开玩笑了，我不过是没人陪才找她的而已，她没我高没我瘦没我白，和我站一起才能衬托我的美啊！”熏怡然刻薄的言辞时至今日想起来仍叫我心寒愤怒，我甩开了她挽着我的手。

“希子，你怎么了？”熏怡然一副很无辜的表情，瞪大眼睛看着我。

“没事，天太热，手拉手会出汗。”我不耐烦地说，太阳的确很晒，幸好我涂了防晒霜，我可再也不要体会一次被晒成阴阳人的感觉。

“圣约翰真的好漂亮啊，大门都弄得这么辉煌，好像宫殿一样。”熏怡然满脸羡慕地看着圣约翰朱红色的大门。

“圣约翰可是市里唯一能在国际上有一席之地的高中啊，当然漂亮了，里面更好看哦。”我刚说了一句就立刻打住了，不能让她知道我去过圣约翰。

“你进去过啊？圣约翰门禁很严的，你是怎么进去的啊？”熏怡然果然会抓重点。

“我没进去过，不过我有个闺密是圣约翰的学生啊，我都是听她说的。”我笑呵呵回答，不好意思了铃铛，又要拿你挡枪了。

“原来是这样啊，希子，我是不是做了什么事惹你生气了啊，我总觉得你对我和以前不太一样了，你不想和我做朋友了吗？”熏怡然低下头问，她咬了咬嘴唇，仿佛随时都会哭出来。

我看了看四周环境，午休时间学校门口小卖部里的人还是很多的，我可不想在这里表现得很小气，而且也不能说我从10年后穿越回来，觉得你不是个好人。于是，我只好拍了拍她的肩膀安慰她：“没有啊，只是我觉得上了高中学习压力大嘛，其他事都应该摆一边，我只是想认真学习，可能忽略了你，不好意思。”

“原来是这样，我们一起努力学习啊，一起考上理想的大学，到时候说不定我们还是同一班的呢！”熏怡然很兴奋的模样说。

“嗯，大学也是一起的啦，只是你的本性暴露了而已……”我小声嘀咕着，我们还真是考上了同一所大学，不过专业不同。最可笑的是，我刚开始还天天担心她照顾她，直到有一天我无意中听到她和其他人嘲笑讽刺我的话，才真正看清这个人。

“嘿嘿，希子啊，你是不是有喜欢的人啦？”熏怡然突然冷不丁冒出这句话。

“啊？没有！”我吃了一惊后，立马否认。

“哦，其实有喜欢的人也是正常的啊。”熏怡然冲着我眨了眨眼睛，似乎有无限意犹未尽的话。

我心虚地移开目光，她不可能知道什么啊，按照原来的发展，我和安逸轩也是大学时代才在一起。按照现在的发展，她还不知道我认识安逸轩，不对，是她压根就不知道安逸轩这个人才对。

“我们应该以学习为重，不要胡思乱想啦，你这么问，难道你有喜欢的人了吗？”

“我当然也没有啦，嘿嘿，我们是好姐妹嘛，所以我才关心你啊，哇，这里有好多口味的泡泡糖，你喜欢的是苹果味，我多买点。”熏怡然冲着我很温柔地笑，然后很兴奋地挑泡泡糖。

“你不是要买草莓的吗？你买自己要的就可以了啊，我不太喜欢吃这些东西。时间很紧，我们赶快买完好回去上课啊。”我看了看手表，还有十分钟就要上课了。

熏怡然迅速挑好了几个去付款，然后拆开其中一个递给我，我勉强咬了几口吹了几个泡泡，真是幼稚啊，我玩了三年早已经玩够了，熏怡然却兴致很高地吹着泡泡。

“希子啊，我们关系这么好，什么都可以分享，如果我们喜欢同一个人，你也会让给我的吧。”熏怡然再次挽起我的手。

“呵呵，为什么不是你让给我？”我冷笑一声，“你比我优秀比我好看。”

“哪里啊，你才是既优秀又好看啊。”熏怡然脸一红，嗔怪着说。

我觉得她很做作，不想跟她多说，熏怡然也很识趣地闭了嘴。

第三章 03

遥远的初恋目标

（一）

为了第二学期可以顺利考上圣约翰，我开启了学学学模式。真的是梦想和现实差距巨大，我以为自己重新回来一定是个学霸，但是真正上课了才发现好多知识都忘记了，更不用说记考题什么的了。我用力捶打着自己的脑袋，那些书本写的重回年轻，颠覆世界之类的是不可能在我身上发生了，连最简单的高中知识都不会了，只能埋头苦学再从头来一遍，我想这次一定不会再忘记了。

巨量的题海险些将我淹没，我也取消了所有的业余活动，什么看电视剧啊、听歌啊、出去玩啊，反正当年都玩过了，我现在连上网都兴趣不大了。学习，学习！这就是我当前的目标！当人有目标的时候，任何事情都可以让步，为了我的未来，为了我的爱情，我一定要披荆斩棘！我这样的态度简直让爸爸妈妈惊讶，他们一度以为我中了邪，以前明明都是天天嫌弃我贪玩不学习，现在竟然会怕我学太多学傻了。

“爸妈，我难得这么有动力学习，你们可不能打击我啊，说不定我就是某个高考状元，你们就是状元的爸妈了啊！”我对着爸妈夸张地说道。

“好好，宝贝你继续学！”爸妈摇了摇头，任由我继续刻苦地学习。

我这样的学习态度，不仅是爸妈好奇，连学校里的老师和同学也都感到好奇，尤其是熏怡然。

“希子，你最近真的好努力啊。”看到我又在做试卷，熏怡然诧异地说，“记得以前你没这么爱学习啊。”

“以前的我是以前，现在的我可是新的我！”我将钢笔握在手中，一脸大义凛然的表情，说完又将注意力放在手中的试卷上。

熏怡然吐了吐舌头不再理我，她有那么多电视剧要看，那么多小说要读，那么多八卦要聊，当然不会理我这个一心学习的“好”学生啦。

除了学习之外，我还经常出现在圣约翰的大门口，早上上学去转一圈，放学之后去转一圈。就算命运女神再不眷顾我，也总能让我碰到安逸轩一两次。次数少不要紧，只要能看他一眼我就很开心啦，就像大学时

代。我曾经说过如果我心情不好就对着他看，看着看着我就心情好了，安逸轩还嫌弃我矫情。

唯一让我不爽的，大概就是安逸轩总是躲着我。每次一看到我，他就用最快的速度消失，好像我是瘟疫一样。就像现在，我看着安逸轩背着书包潇洒地走出校园，正在纠结是去打个招呼，还是静静看着他的时候，他却突然朝我看过来，然后瞬间变了脸色，就像见鬼一样，那张俊逸的脸扭曲了一下，乌黑的眼瞳死死瞪着我，然后就转身迅速跑开了。哇，帅哥就是帅哥，连慌张逃难的模样都是迷人的啊！

“希子，这么巧啊！”就在我看着安逸轩风一般离去的时候，背后冒出一个男生的声音。真是扫兴啊，打扰我看风景，我转过身一看，哇！又是一个花美男啊！站在我身后的男生是和安逸轩完全不同风格的帅，安逸轩的帅是精致的帅，有种男生女相的俊美无涛，而眼前的男生是棱角分明的帅，是硬朗的男子汉的帅，剑眉丹凤眼，配上古铜色肌肤。天啊，我差点忘了他！我的大脑现在才反应过来，我高中时代的男神，我当年的暗恋对象！他叫什么来着？我搜索着大脑记忆，牧野歌！以全校最高分入读的特优生！

“是你啊！”我有种恍然大悟的感觉，我现在全副心思都在安逸轩身上，根本没顾得上他。

“嗯？刚才没吓到你吧？”牧野歌摸了摸头发，露出阳光一般的笑容，雪白的牙齿似乎在闪闪发光。

我细细端详着他，高中时期的牧野歌的确是帅哥，乌黑的头发，狭长的丹凤眼，雪白的牙齿，健壮的身材，难怪当年的我迷得不要不要的，不过嘛……我已经有了安逸轩，是不会再对别的男人有感觉的了。

“希子？”牧野歌轻声喊我，同时伸出手在我眼前晃了晃，“你没事吧？”

“啊，没事没事，怎么了？”我连忙回过神来，脸上不好意思地一红，“你找我有事吗？”其实我们并没有很多交集，当年因为我喜欢他所以打听了很多他的事，不过嘛，我重上高中之后并没有注意过他，他怎么会知道我的名字？

“不对啊，你怎么知道我叫什么？”问完我就想起来了，不禁哑然失笑，当年觉得刻骨铭心的事，原来10年以后早已遗忘。

“那个，说出来真是不好意思。”牧野歌低下头，脸上显现出一抹潮红，他咬了咬嘴唇一脸羞涩。

我瞪大眼睛看着他，在想要不要帮他说出口，那件事，那件让我整个高中时代难过伤神的事情，现在已经完全放下了。我静静看着他，欣赏帅哥羞涩的表情也是种享受，当年的我可没有这样的心态啊。

牧野歌往四周看了看，正值放学，人来人往的非常热闹，不时有好奇的学生往我们这边张望。我一时感触，想到了当年误以为他跟我表白的场

面，那个尴尬啊！

“要不然我们换个地方说？”怎么说也是找我帮忙，坑一顿奶茶不过分吧。

牧野歌如蒙大赦地松了口气连连点头：“好啊好啊，我们找个地方坐一坐。”

我微微一笑，朝着奶茶店走过去，点了一大杯珍珠奶茶，10年之后珍珠奶茶因为不健康几乎销声匿迹了呢。

牧野歌点了一杯果汁坐在我对面，他明显有些紧张，猛吸了几口果汁，抬起头看着我，眼神中有一些羞涩：“其实，我想跟你打听一下你的朋友熏怡然，她长得很漂亮啊。”

我咬着糯糯的珍珠，甜腻的奶茶依然是记忆中的味道。终于说出来了啊，当年就是这样，我的男神喜欢上了我的好朋友，他利用我追熏怡然，我夹在他们的中间，像个小丑一样。虽然他们最终还是没成，但也给我的高中时代蒙上了阴影。我无意识地咬了咬吸管，算了，穿越回来能做件好事也没损失。

“你喜欢熏怡然啊，没关系，我可以帮你哦！”我抬起头笑眯眯看着他说。

牧野歌似乎被我的态度吓到了，脸上的表情又惊讶又开心，还带着一点不解：“你愿意帮我啊？太……太好了！”

“当然啊，不过你可要好好对待我这个媒人哦。”我冲他眨了一下眼睛，依旧低头喝我的奶茶。

“你，似乎有点不太一样啊……”牧野歌看着我的眼神似乎有了一点探寻。

“哪里有什么不一样啊，好啦，时间不早了，我要回家学习啦，再见，我会帮你的哦！”我站起来，利落地收拾好东西转身就走。

“希子……”牧野歌的声音弱弱地在身后响起。

我头也不回地离开，都说了会帮他，我沙希子可不是小气的人。

（二）

我的新高中生活不知不觉都过去三个月了，这段时间我的学习成绩突飞猛进，接连几次考试都是前十名。学习这回事还真的是勤奋加天分，我紧追慢赶再加上脑海中残留的丁点记忆，也还是考不到第一名，不过已经足够好了，我当年可是鲜少能考到前十名的啊！我努力克制自己的骄傲和开心，要心虚要继续努力，必须做到足够好才有资格进圣约翰啊，才能配上我的安逸轩。

学习进度暂时还令我满意，但是安逸轩那边嘛，依旧毫无进展。三个

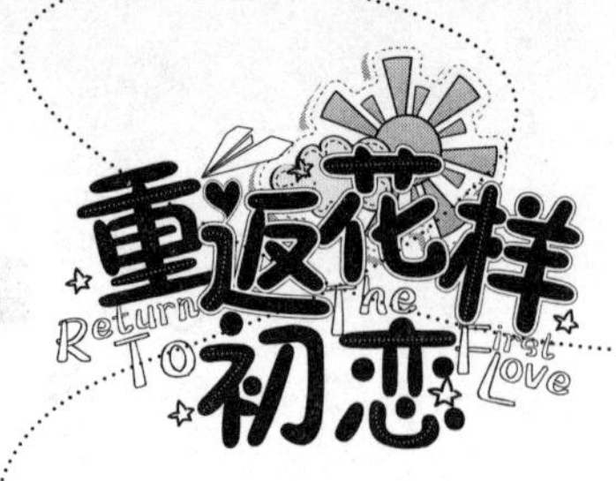

月了，我们也没搭上话，每次见面都是以他的逃跑而告终。这样下去可不行，我决定再次实行贿赂威逼政策，求铃铛再给我一次溜进圣约翰的机会。

麦当劳里，铃铛吃得满嘴是油地看着我，水汪汪的大眼睛眨巴眨巴：“你还要去啊？”

“当然啦，都三个月了，我们两个关系还是没进展，这次一定要有突破！”我咬着鸡腿信誓旦旦。

铃铛叹了口气：“你可真是着了魔啊，早恋是不对的嘛，等大学再说嘛。”

“等等等，青春不等人啊！我错过了太多了，这一次我说什么也要争取！”我很激动，手里的薯条都捏碎了。

“啊，别激动，你错过什么了啊？要不你说说怎么看上那个安逸轩的啊？”铃铛八怪兮兮地看着我问。

“那个，偶遇啊，就喜欢上了啊……”我低头啃鸡腿，想着大学时代第一次看到安逸轩的场景。

我莽莽撞撞从图书馆出来，撞上了抱满书的安逸轩，看着散落一地的书，安逸轩冷冷讽刺我不长眼睛。他那时有着清爽的短发，穿着白衬衫牛仔裤，轮廓精致皮肤白皙，黑曜石一般的眼睛闪闪发光，我瞬间就被吸引了。也许动心真的很容易，阳光下他穿了件白衬衫，俊逸得像电视里的王子。

“拿你没办法，就再帮你一次吧。”铃铛做出一个无奈的表情，“明天中午吧，我带衣服去老地方等。”

我兴奋地抱着铃铛亲了一口，换来铃铛凄厉的惨叫声：“你的油手，你的油嘴，我的衣服啊，我的脸啊！”她嫌弃地推开我，用力拿纸巾擦着脸。

我沉浸在喜悦里，根本没有理会铃铛的叫唤。这一次总该有点突破了吧，我已经在想该怎么跟安逸轩表白，是不是要像大学时代一样呢？我自问是了解安逸轩喜好的，应该不会出问题的吧！

第二天中午，我早早来到了约定地点，铃铛很快就出现了，带着她的旧校服。我喜滋滋换上，幸好这里没有监控镜头，不然可真是危险，我哼着小曲准备从老地方爬墙过去。

“你看你开心的，好像安逸轩在等着和你约会一样。”铃铛翻了翻白眼。

“你不懂，女追男隔层纱，我今天一定要光明正大地要到安逸轩的联系方式！”我信誓旦旦地翻过墙。

铃铛一路小跑着到另一边接应我。

我想按照大学时代的套路，安逸轩是不会拒绝主动的女生的，他就说过特喜欢我霸道地问他要电话的模样。

依旧是操场上，安逸轩还是那么帅气地打着篮球，我和铃铛坐在场边欣赏着，不时喊几嗓子“加油”。安逸轩看到我顿时脸色一白，动作僵硬了几分，不过很快就调整过来。我津津有味地看着他打球，又是加油助威又是端茶送水。有那么一刻，我几乎觉得自己就是他的女朋友，如果……他不是一脸戒备加嫌弃的表情。

“哇，安逸轩啊，真的好帅啊！”有女生的声音在耳边响了起来，我立刻警觉，瞪了旁边新来的女生们两眼。

她们应该也是高一的学生，长相清秀斯文，可是表情都是一副花痴样，死死盯着我的安逸轩。

“以第一高分入读的高材生，还长得这么帅，大了以后一定不得了。”女孩A笑着说。

女孩B眨了眨眼睛，脸蛋红通通的跟苹果一样：“这样的帅哥肯定很多女生喜欢，不知道他会喜欢什么样的女生呢。”

我在心里腹诽，他当然是喜欢我这样的女生啊，他长大了也是我的，没你们的份！不知道为什么，总觉得安逸轩的眼神往我这边飘，虽然每次都是一接触就立刻闪开，但我心里还是甜丝丝的。

“大家都是同学，近水楼台先得月，总有机会认识的啊。”女孩C似乎在幻想着接近安逸轩的办法，“就是听说他冷冰冰的，不好接近，而且嘴巴很毒。”

“帅哥高材生嘛，本来就有高傲的资本，如果跟你同桌似的，那还有什么好看的。”女孩A指着C笑着说。

“好好地看帅哥扯到我同桌身上干吗啊，他这么帅眼光肯定高，除了校花别人也难，还有哦，帅哥大多花心，不安全。”

谁说帅哥就一定花心，安逸轩和我在一起之后可是很老实的，唯一的不好也就是太重感情，拒绝了狂蜂浪蝶，拒绝不了旧爱。

“又进球了，好棒，安逸轩加油！”女孩B已经喊了起来。

我瘪了瘪嘴，心里不痛快，总觉得好像自己的东西被人染指了一样，我的安逸轩，我的男朋友，为什么要由她们评头论足！

安逸轩的眼神又飘了过来，我立刻眼冒桃花地回应他，可是只有那么一瞬间，他的眼神就又转向了其他地方。

“安逸轩看我啦！”

“明明是看我！”

那几个女生就安逸轩飘过来的眼神进入了深刻的讨论，我却懒得理她们，安逸轩肯定是看我的啊，他一定已经开始偷偷关注我了！

“希子啊，你真的要去问他要联系方式啊？”铃铛拽了拽我衣角问，“我觉得你还是多想想吧，他可不好接近。”

“嗯，当然了！我已经决定了，我一定可以接近他的！”我握了握拳头，下定决心。

正好一场球赛结束，安逸轩擦了擦满头满脸的汗走向绿荫树下，拿起水猛灌一通，有不少水洒了出来，顺着他的嘴角滴在了他的胸前，氤氲成大团的水花，真是让人流鼻血的性感啊！

“安逸轩，我有话对你讲！”我鼓足勇气，一路快跑到他的身边，用一种近乎强制的语气说，当年我第二次拦住他的时候，就是这样说的，那时候的他用一种含笑的眼神看着我问：“小妞你想干吗？”

“我并不认识你，同学。”安逸轩拧上瓶盖，用足以冻死人的眼神盯着我说。

“怎么不认识呢？我知道你叫安逸轩，我叫沙希子，交个朋友吧，留个联系方式吧？”我脸色微微发红，却依然按照当年的方法说。

“可我不想和你做朋友。”安逸轩冷冰冰地说。

事情为什么会这样呢？以前的安逸轩明明不是这样的啊！他不是应该给我留个台阶的吗？他不是应该笑着问我想做什么的吗？

“你现在不认识我没关系，我们以后一定会有关系的！”我拦住想要走的他继续说，就像10年后我主动说要谈恋爱一样。

“你没发烧吧，如果有问题，请去医务室。”安逸轩白了我一眼，转身离开。

我看着他离去的背景，还是无法相信：“安逸轩，你给我站住，如果你现在走了，就再也不能看到我了！”

“那正好，拜托你不要打扰我的生活。”安逸轩回头面无表情地说。

“你怎么能这样对我？”我委屈地问。

“我觉得我已经态度很好了，你这个怪人，我都不认识你。”安逸轩的表情很冷漠，他这次走得很快，不给我再次对话的机会。

事情为什么会这样呢？我们以前明明不是这样的啊！我看着他飞快离开，大脑飞快运转，记忆向着10年后徘徊。

“希子，你这个傻瓜，这道题又错了啊，你们老师不会对你头疼死吗？”自习室里，安逸轩一脸宠溺地看着我，随后一点点给我指点，温柔得好像春风一般。

还有我带着他去吃超级可怕的麻辣火锅，一向不能吃辣的他为了陪我硬生生吃了好多，最后嘴唇都红通通地肿了起来。

“我不能吃辣啊。”安逸轩皱眉看着麻辣火锅叹气。

“不要嘛，吃一点，陪我吃一点嘛，吃一口！”我夹起一块羊肉塞在他嘴里。

“啊，好辣！”安逸轩捂着嘴，墨玉一般的眼睛里水汪汪的，让人看了心生怜惜。

我忍不住说：“那么辣就别吃了。”原来抱着看笑话心态的我心疼起来。

“哎呀，我吃，说过了今天全听你的嘛。”安逸轩继续大口吃着菜，额头被辣得冒出了细密的汗珠。

于是热闹的火锅店内，我和安逸轩吃得不亦乐乎，吃完饭我们沿着护城河散步，月色如水，微风吹拂，这么美的环境，他却一个劲地喊辣。

“我去买点冰水给你喝吧。”看着安逸轩辣得跳脚的模样，我也有些担心。

“喝水也没用啊，如果有香吻一枚，也许我就好了呢？”安逸轩眨巴着乌黑的眼瞳盯着我，嘴角一歪露出一个坏笑。

“讨厌！”我脸一红，一拳打在他身上。

“希子，我可是为了你才吃这么多辣的啊。”安逸轩一把将我拉在怀里，带着麻辣的吻便印在了我的唇上。

从大学时代开始，我们在一起那么久，久到我以为可以天长地久，那么多甜蜜的往事，现在想来更加锥心刺骨。我站在太阳底下被晒得浑身滚烫，但却无法清醒，脑海中交叠着现在和10年后的记忆，眼泪顺着眼角流下来。

（三）

“哇，那个女生是我们的学校的吗？”

“胆子好大啊，嘿嘿，安逸轩还真冷漠啊。”

“幸好不是我，不然我一定想找个地缝钻进去。”

女生们幸灾乐祸的声音此起彼伏地响起来，我有种眩晕的感觉，一点也不亚于他跟我说分手的那天。

“希子，希子，你没事吧？”铃铛跑过来抱住我，“他那个人怎么就那么不识抬举啊，我们不理他！”

“为什么，为什么会是这样的结果？以前不是这样的啊，不是说过会永远爱我吗？结果却还是一次次抛弃了我。”我蹲下来，抱着头痛哭起来。

“你说什么啊？你该不会是傻了吧？安逸轩有什么好的啊？以后我们一定会遇到更好的男人的！”铃铛拉着我走到一处安静的地方，抱着我不停安慰我。

“没有什么更好的了，我以为我回来就可以早一步追到他，我以为我们更早相遇就是为了更早相爱，你知道我心有多么痛吗？我爱他就像爱这个世界，没有他我都不知道如何生存，可是他还是一次次离开了我！”我满脸都是泪水，一边哭一边说，“你能明白吗？我回来的意义就是为了追他。”

“那个，你是不是受刺激了啊？冷静点冷静点，你真那么喜欢安逸轩啊，还是有机会的，你不也说女追男隔层纱吗？我们下次继续吧！”铃铛

拿出纸巾一边给我擦眼泪，一边安慰我，即使她不懂我话里的意思，还是努力安慰着我。

“铃铛……”

我抱住铃铛狠狠哭了一场，将所有的委屈发泄出来，铃铛抱着我一句话也没有说，她只是拍着我的背，安静地等我哭完。

“哭吧哭吧，哭出来就舒服了，现在有没有好一点啊？我们现在毕竟还是高中生嘛，学业是很重要的，你下午还要上课，还要回学校，恋爱的事情不急啊，你要想想人生那么长，我们还有很多风景没有见过呢，对不对？”铃铛温柔地说。

我痛哭了一场也觉得好多了，虽然情绪依然低落，但是铃铛说得对，日子还要继续过下去，我还要继续我的生活，就像10年之后的分手，再痛也要学着接受现实。

“铃铛，谢谢你，我明白的，我回学校了。”我深深吸了口气站起来，用纸巾将眼泪擦干。

“你，没事吧？要不我送你回去吧。”铃铛拉住我的手，眼神全是担忧。

我挤出一丝微笑，将手抽出来：“让我自己走走吧，我想安静一下，好好想一想。”我低着头向着校门口走去。突然间好像没了所有力气，我不知道下一秒自己该如何度过，全身的精神与力量都似乎被抽走了，我像个木偶般朝着自己学校的方向走。

“啊，希子，你怎么了？哭了啊？”熏怡然夸张的声音吸引了不少同学来围观我。

“真的啊，你眼睛好红还有点肿，怎么了，受欺负了吗？”同学们围着我七嘴八舌地问起来。

我摇了摇头，有气无力地回答：“没有啊，我眼睛不舒服而已。”说完就趴在桌子上假装睡觉。

同学们也都不再理睬我了，除了熏怡然仍然在我身边叽叽喳喳。

“你不要紧吧？要不要请假回家啊？”熏怡然推了推我的手臂。

“我没事，我只是想安静趴一会儿。”我低声回答。

“最近你好像真的有点不对劲，那么拼命学习，而且和初中时候差好多啊。”熏怡然叹了口气，继续碎碎念。

“难道你没有变化吗？每个人都会变，你觉得我变了，哪里变了呢？不像以前那样把你当好朋友，让着你了吗？”我有些气愤地说。

“你……你什么意思啊？”熏怡然瞪大眼睛看着我，片刻眼睛竟然有点发红，“我一直把你当好姐妹好朋友的啊！”

我咬着嘴唇看着她，她的表情那么坦荡，可是我怎么也忘不了，忘不了10年后她背着我做的那些事。她讨好老师夺走我的奖学金，她跟别的人说不屑和我做朋友。

“你真的把我当好朋友？你的好朋友难道不是那些能帮助到你的人吗？”

“你怎么了啊，受刺激了吗？怎么能这么说我，你……”熏怡然趴在桌子上哭起来。

“希子，你怎么欺负怡然了啊，她对你那么好那么关心，你还欺负她。”立刻有男生过来指责我。

“是啊，是我欺负她，是我不好，哪里都是我的错，我到底怎么了，会出现在这里，我好想回去。”我的眼泪也忍不住流出来，上天啊，你为什么这么作弄我，我以为一切都可以从头开始，你却让我彻底地失去了信心。

“你啊你，心态就不好，大家是同学，应该相互帮助，你不要老以你自己的想法揣测别人好不好？”

“那我错了，可以了吗？对不起！”我大声吼道。

也许同学们都没见过我如此模样，一时之间大家都静静看着我，我可没想这么出众啊！

“那个，对不起，我就是心情不好。”我还是很懂得应变之道的，立刻露出惨兮兮的表情说，“真对不起，怡然，你原谅我可以吗？”我不能成为大家讨厌的人，不然我的高中生活可就难过了。

“没……没事，希子，我只是担心你，你好点了吗？”熏怡然擦了擦眼泪，立马就换上了一张笑脸。

“好多了，快上课了，好好准备吧。”我看了看手表说。

下午的课听起来索然无味，我的思绪总是不经意就飘远了，飘到了安逸轩的身上……安逸轩，我该怎么做，才能重新和你在一起？难道我要就此放弃吗？那也太残忍了，我不知道自己以后还会不会爱上其他男人，我现在才高中啊，难道我的余生都要在思念和悲伤中度过吗？曾经有过的甜蜜全是我一个人的回忆，安逸轩不会知道他的生命中还有一个我……那太可怕了！

我不能放弃！我不能没有安逸轩！走到这一步，是不是我太心急了呢？高中时代的安逸轩和大学时代的也许不一样，经历的事情也不一样，他现在的记忆中并没有我，而且据他说他的高中生活，喜欢的也不是我这样主动的女生……也许一切都错了，我想当然的以为我们一定会在一起，可是并没有啊！我是一个完全陌生的人，一个不符合他审美，也提不起他兴趣的人！

我这么急躁，这么冒失，让他见到我就觉得害怕，甚至厌恶……否则他也不会见我就逃了啊，我是不是已经成了他的阴影？

“沙希子，你真是笨死了！”我用力锤了下自己的头，发出“砰”一声巨响，吓得台上正在讲课的物理老师一惊，将手中的粉笔都折断了。

“沙希子同学，你没事吧？”物理老师看着我问。

“我没事没事！”我站起来尴尬地回答。

“没事就好好听课，虽然你最近略有进步，但也不能骄傲。”物理老师转而严肃地说。

“嗯嗯，知道知道。”我猛点头答应。

“坐着吧，我们继续来讲课。”物理老师将注意力转移到课本上，讲着那些力学的复杂公式。

我一面假装用心听讲，一面想着安逸轩，我这么做会不会断送了我们的未来呢？如果他现在就厌恶我，大学时代也就不可能和我在一起了，那我们的缘分就止步于此了啊，这太可怕了！

看来我还是要改变心态，改变形象，不能让安逸轩讨厌我，这次一定要慢慢来，不能急躁，要改变他对我的态度，让他知道我是不一样的。嗯，我不能让我们的缘分就这么断了！

可是该怎么做呢？他现在看到我就躲，难道消失个半个月一个月，等他暂时忘了我再出现？

“希子，你怎么这么久没出现，我以为你不想见到我了呢！”安逸轩看着我着急地说，“你这一个月去哪里了？”

“你这个神经病，才消失一个月又出现了，离我远一点！”安逸轩不耐烦地指着我说。

“啊，希子，你好像变了很多嘛，是为了我吗？”安逸轩坏坏一笑问。

我的脑海中冒出无数个镜头，又一一否决，就怕自己形象太深刻弥补不了，我要多准备几套备战方案才行啊！

我想象着自己的娃娃头留长，然后穿着白裙子白皮鞋，淑女地走在圣约翰的校园里，深秋的落叶随风飞舞，偶尔有几片落在我乌黑的长发上。我还应该去学学钢琴，外面风景如画，我坐在钢琴前谈一首贝多芬的《月光》……那该是多么美好的场景啊，安逸轩一定会被我迷住了吧！

但是实行起来太难，我是个不太会打理长发的人，又经常起晚没时间梳头；其次学钢琴也不是短时间内能学会的。更重要的是，我要好好学习才有机会考圣约翰，学其他的会让我分散注意力！

“希子，你又走神了吧？该不是喜欢上什么人了吧？”熏怡然偷偷小声问我。

“哪有啊，我在想事情而已。”我连忙否认，我喜欢安逸轩的事情可不能传出去。

“分享分享又不会怎样，你有心仪的男生也很正常啊，就像电视剧里演的那样，高中是花一样的季节。”

“哎呀，我看是你有喜欢的人了吧？”我又想到了牧野歌，偷偷暗恋着熏怡然的牧野歌，她现在还不知道有这样一个大帅哥喜欢着她吧。

“嘿嘿，没有啊，我只爱我的大明星！”熏怡然捂嘴一笑，继而给我

指着看她收藏的明星贴纸，说真的，我觉得牧野歌比那贴纸上的明星好看多了。

“你啊，如果有个比明星还帅的大帅哥喜欢你，你就不会这样说了。”我打趣她说。

“我有那么肤浅吗？喜欢一个人是看才华的吗，他唱歌好听演戏也棒，我就喜欢这样的！”熏怡然笑呵呵回答我。

看来不仅是“颜值控”啊，不过我现在可没有心思帮别人牵红线，我还是要继续想想怎么和我的安逸轩发展下一步。

（四）

一下午就这样恍恍惚惚过去了，到了放学的时候，我差点又习惯性地往圣约翰门口走，可是脚步才一迈出我就停住了。我不能再去见安逸轩了，我要克制自己，不然他只会越来越怕我讨厌我，我们的缘分就真的断了，过往种种也都是我的一场梦了，我握紧了拳头朝着自己家跑去。

“今天这么快就到家了啊，妈妈给你炖了红烧鱼哦，快洗手来吃饭吧。”妈妈围着围裙，笑眯眯地看着我说。

我的鼻子里满是香浓的红烧鱼的味道，肚子也忍不住饿得咕咕叫起来，立马去洗了手出来坐好等着吃饭。

“宝贝，学习是重要，但是身体也很重要啊，你看你都瘦了，我还熬了鱼汤，你一会儿多喝几碗。”妈妈温柔的声音在厨房里响起来。

我的眼睛又有些湿润，即使没有安逸轩我也要好好活下去啊，我还有爸爸妈妈，还有铃铛……还有那么多关心我的人。

吃完饭，我很乖巧地帮妈妈洗了碗，然后躲进自己的房间看书做作业，写完作业又开始做试卷，大脑不停运转也减轻了我心里的痛苦。直到将习题写完，我双手伸了个大懒腰，精神终于放松下来。

我看着空空如也的床头柜，那里曾经摆满了我和安逸轩的照片，我们一起上学的照片，一起出去玩的照片，还有一起毕业，一起工作，领到第一份薪水吃饭……那些照片清晰地在我脑海里回放着，像幻灯片一样。

“来来，你往前站点，我往后站，这样显得我脸小！”我故意将半个脸藏在安逸轩的身后。

“耍赖皮啊你，不过你就这样才可爱啊！”安逸轩回头看我一眼，顺手在我的脸蛋上捏了一下。

“你吃龙虾，我给你拍一张吧！”我看着穿着白衬衣小心翼翼吃龙虾的安逸轩说，“你这模样太搞笑了，放网上肯定很多人说你装！”

“你还笑，敢拍我就掐死你！谁突然硬拽着我来吃小龙虾的？我新买的衬衫很贵的！”安逸轩咬牙切齿地瞪着我。

我当然没错过这个好机会，拿着手机就是一通拍，照片里的他夹杂着无奈和宠溺，最后是满满的笑意。

“你老是拍我，看不厌啊？”安逸轩扶着栏杆做出一个凭栏远眺的表情，还不忘笑眯眯问我。

我一边拍，一边摇头：“看一辈子也不会厌的啊！”

“哎呀，女生这么直接！”安逸轩脸上的笑容更加浓，他眉毛微微上扬，俊脸有一丝微红，伸出手一把将我抱到他的怀中。

他的身上一直都有着清凉的薄荷味道，凉凉的清新感，又很温暖，在他的怀里，感觉全世界就只剩下我们了。

“希子，我们永远都不会分开的，我爱你。”安逸轩轻轻吻我的秀发。

我将他抱的更紧，那一刻我真以为我们会很快结婚，然后生孩子，一起走到白发苍苍……

“哎呀！”

我沉浸在回忆里太久，坐得脚都麻了，我站起身轻轻抬着脚走动，一走一麻，感觉脚都不是自己的了，眼泪就再次流了出来。

“叮咚！”手机里突然冒出一条提醒，我费力地走到床边看，是QQ添加好友提醒，我的眼睛再看到验证信息时瞬间瞪大了，因为那上面只写了三个字“安逸轩”。

“安逸轩加我好友？”我的大脑都有些反应不过来了，立刻通过了验证，然后纠结着第一句话说什么好呢，说不好他删了我怎么办。

“你好……”我艰难地打出这两个最常见最俗套，也最不会有问题的两个字。

那边似乎等了好久，我看到正在输入中显示了很久他才发来一句话：“我们以前认识吗？”

哇，难道他对我有感觉了吗？我差点蹦了起来，他不是对我无感的啊，他不是害怕我讨厌我啊，他对我还是有感觉的啊！

我兴奋地在屋子里走来走去，思考着怎么回他，安逸轩这个人啊，就是这样让人猜不透，总是搞突然袭击。我哼着小曲围着屋子绕了半天，才继续看手机，那边又打出了换一个“？”号，哈哈哈，就不告诉你，让你好好纠结下！

“你如果忘了，就忘了吧。”我迅速打下一行字，对付安逸轩就要他费解，他越是不懂就越是会去想，他想着这个问题就会想着我，哈哈哈，我也要让他好好动动脑子了！

“我的记忆告诉我，我们没有交集。”那边耗了十分钟才打出回话。

“记忆也会骗人的，或者说，记忆也是有时间限制的。”我没撒谎啊，我们的确见过还相爱过，只是你的记忆现在还没有这一段，这一段在10年之后呢。

我已经开始想象安逸轩纠结的模样了，他一定在纳闷自己是不是失忆了，还是记忆出现了错乱，或者他会思维发散地想另一个时空。

“你没病吧？”那边慢吞吞回复。

“我当然没病，我也希望自己是病了一场。”

“能说清楚吗？”

“有的事没法说清，你相信第六感吗，你相信直觉吗？好了，我要睡觉了，刚做完一套试卷，困了。”我笑嘻嘻打完这几个字就关上了QQ，不知道他今天会不会因为这个失眠呢？有的事，你无视掉也许没关系，你一旦去关注去思考了，就会辗转反侧，而且你的大脑会出现无限可能，你也不知道哪一个是假的。

我躺在床上，兴奋得滚来滚去，安逸轩啊安逸轩，我们肯定是有未来的！

第四章 04

冰山少年融化了

（一）

我兴奋得一夜辗转反侧，闭上眼睛就是安逸轩那张俊颜在我面前晃荡，还有他嚣张的表情，嫌弃的表情，宠溺我时温柔的表情，我在睡梦中都忍不住笑出来。

心情好人就精神，即使一夜没怎么睡，我起床时依然精神奕奕，看到妈妈做的饭更是胃口大开：“亲爱的妈妈，我好爱你哦，你手艺真好！”

弄得妈妈做出一脸惊恐模样，直呼鸡皮疙瘩掉一地。

我一路哼着歌，阳光灿烂，我的心更灿烂。在教室里坐下之后，熏怡然就一直盯着我看，把我看得很不自在，我也瞪起眼睛看她。

熏怡然扑哧一声笑出来，她眉眼弯弯笑起来很是甜美可人，但是我实在对她无感，只听见她说："希子啊，我总觉得你最近好像变了个人似的，我也说不出来，嗯，你最近是不是遇到什么事了啊？"

"没有啊，我怎么变了啊？我没觉得啊。"我摸了摸自己的脸，一脸疑问。

熏怡然微微蹙眉，似乎在思考些什么，她单手托着腮，嘟了嘟嘴唇："你是不是有什么秘密啊？我一直认为我们两个是好朋友，你如果有事可以告诉我的啊。"

"我哪里有什么秘密？不就是学习学习再学习，现在的学习生活本来就比以前严峻，我觉得你也该收收心思，在学习上加把劲，要知道我们的未来可都在这三年中决定呢！"我义正词严地说，仿佛我天生就是个爱学习的乖宝宝一样。我可是吃过熏怡然这个亏的，当年我跟她说的秘密她转头就告诉了别人，如今我可不会再犯错了。

熏怡然瞪大眼睛看着我："我突然觉得和你距离好远的样子啊，你怎么一个暑假过去，就这么……不可思议啊。"

"怡然啊，有时间研究我为什么有变化，不如好好学习啊，真正的好朋友不应该共同进步吗？只懂吃喝玩乐的那是酒肉朋友。"我将她面前的语文书往她身边推了推，"有讲话的工夫，可以多背几篇课文了，一会儿

可要抽检背课文呢。”

熏怡然咬了咬嘴唇欲言又止，捧着语文书默念起来。

语文课后便是体育课，我一直讨厌体育课，每次都是跑步做操，一点新意也没有。今天阳光这么毒辣，跑几圈人都要黑了，好在体育老师今天也没什么精神，随便让我们做了一套操就解散了。这可谓是我们宝贵的自由时间，大家三两成群地玩在一处，熏怡然过来拉我去踢毽子被我拒绝了，我找了个阴凉的地方席地而坐，靠着大树真是惬意，看着同学们满操场地跑，觉得年轻真是好啊！

“希子，你在这里啊！你们班也是体育课啊！”牧野歌不知何时看见了我，直直向我走来打招呼。

“是啊，你们班也是啊？”我朝他招了招手，这么舒服的时刻，就该安静地小眯一会儿啊。

“那个，熏怡然同学最近怎么样啊？你知道她喜欢什么东西吗？比如喝的啊吃的啊，笔记本啊之类的？”牧野歌在我身边坐下问。

我扭头看了牧野歌一眼，这个我曾经喜欢了三年的男生，怎么如今看起来就那么不顺眼呢？他穿着白色运动服，长腿交叠在一起，这样一个美男形象，却让我想一拳打上去：“我又不是她肚里的蛔虫，我怎么知道她喜欢什么讨厌什么，你喜欢她就去表白啊，就去问她啊，老问我做什么？你是男人的话，难道不该主动出击吗？”

牧野歌明显被我问得一怔，脸色也瞬间红了起来，他不好意思地低下头，说话都开始结结巴巴了："你……你怎么突然发火啊？"

"我不是发火，只是每个人都有自己的生活啊，我不可能什么都不做，天天就帮你盯着熏怡然吧？我们关系很好吗？我很忙的啊！"

"你之前说过会帮我的啊？"牧野歌有点委屈地说。

"我是说过会帮你啊，但是不是天天帮你打听她的事情啊，你要自己去追她啊，天天跟我打听什么，我又不是什么事都要跟你汇报，而且以我们的关系，我答应帮你已经很不错了，你还要我怎么样？"我有些烦躁地说，我已经不是当年喜欢他的那个我了，所以也不可能事事以他为先了，我不会再明明心痛得要死，也依然帮他约熏怡然了。也许长大了才明白，没有无缘无故的好，无非是谁多喜欢谁一些，便愿意多委屈一些，我低下头，陷入莫名的沉思中。

"对不起……我不知道打扰你了……"牧野歌轻声道歉。

"我们都曾在不知道的时候打扰了别人……"我皱了皱眉，"喜欢一个人就勇敢去追，不要靠别人。"

"我知道了，我只是有点担心。"牧野歌低头说。

"担心什么？她不喜欢你？这有什么，喜欢一个人就要做好被她拒绝的准备啊，喜欢一个人，那个人也喜欢你，那不是天下间都有情人终成眷属了吗？那小说电视剧怎么来的啊。"我有些郁闷地说。

“你说得也很有道理，我真没想到，你想问题会这么透彻啊，好像个大人一样。”牧野歌看我的眼神多了点探究。

我仰头看天轻飘飘来了句：“不要崇拜姐，姐只是个传说！”

牧野歌吃惊地盯着我看，好像在看一个陌生人。

我们这边也许聊天聊太久被熏怡然注意到了，她笑嘻嘻朝着我和牧野歌的方向走过来。

“希子啊，你们在聊什么呢？也不出去玩？”熏怡然在我身边坐下，似乎不好意思跟牧野歌说话。

“我们在聊你啊。”我看着熏怡然笑嘻嘻说。

熏怡然脸上一红：“聊我什么呢？”

“那就要问问我们的牧野歌大帅哥了，你们继续聊吧，我去玩会儿。”我站起来拍了拍屁股上的尘土，冲着牧野歌眨眼一笑，然后向着正在玩闹的女生们走去。虽然身体是学生，但我的心理始终是26的大人，所以总觉得玩起来有些格格不入，玩了一会儿就还是一个人走开了。

刚才和牧野歌的对话也启发了我，我是不是也和他们一样总是打扰到别人呢？比如我求铃铛让我混进圣约翰，比如一直以追求的名义骚扰着安逸轩，这是不是也是安逸轩不喜欢我的地方呢？

从现在开始，我真的要克制自己，我应该发奋努力好好学习，争取考入圣约翰。然后嘛，在循循渐进接近安逸轩，不然把他吓跑了，以后可就真的没办法了啊。

我一边想一边偷偷看着牧野歌那边的进展，我为他争取了这么个好机会，他该有所行动吧？果然他们两个相谈甚欢，熏怡然笑得眉飞色舞，牧野歌怎么看都是一个帅哥，和长发飘飘的熏怡然坐在一起，还挺养眼。我叹了口气，他们两个人终究没有走到最后，想到他们以后撕破脸分手的场景，我也不知道自己现在做得对不对，但历史总是很难改变的吧，我还是管好自己就可以了。只要我和安逸轩在一起，其他人的人生轨迹和缘分就不是我能操心的事情了。

体育课下课之后，熏怡然明显心情不错的样子，也不再打扰我，而是拿着小镜子照啊照，还不时傻笑。看来牧野歌是把她哄得很开心啊，校园恋爱总是美好的，我多帮他们制造一点美好回忆也算是不错的了。

“希子啊，你有没有喜欢的人？”熏怡然小声问我。

“当然有啊，天王周啊，歌唱得多好听！”我指着某明星贴画说。

“你不懂啦。”熏怡然一脸娇羞，继续沉浸在她自己的世界。

（二）

一天就这样安静地度过了，无风无浪，放了学我就直接往家的方向

跑，看也不看圣约翰一眼，唯有克制才能成功！

到家之后就开始狂写作业，连晚饭都没吃，一直写到九点多才松了口气，我只能用这样的忙碌来压制我的思念。写完作业之后才发现肚子饿了，跑到厨房找吃的，刚才我妈喊了我三遍都被我拒绝了，她要是发现我找吃的肯定骂我。

“哇，有鸡汤啊！”我盛了一碗正准备喝，妈妈就神出鬼没般出现在厨房门口。

“知道饿了啊，我以为你要减肥呢，电磁炉里有油饼，你配着鸡汤吃吧，冰箱里还有咸菜，自己拿。”妈妈说完，回她的卧室继续看电视剧去了。

我乖乖拿出油饼咸菜就鸡汤吃，还是在家好啊！不得不说，我真的很享受这样的上学时光。小时候总羡慕大人，长大了才知道小时候多幸福，不用考虑养家糊口的问题，不用看老板脸色，不用唯唯诺诺地跟在别人身后，只要学习就行了，多低的要求啊！想着想着我就鼻子发酸了，因为我总还是要慢慢长大的。

我的心思重又放在学习上，将安逸轩放在心的最底层，控制着自己不去看他不去找他，我相信我们还是有缘分的。我不能掉队，我要继续努力加油！就这样过了一周，周末我也没出门，就窝在家里看书看电视剧，没事吃点水果，上班之后可没这么轻松的日子呢。

“宝贝，你也别光玩，来帮我剥葱！”妈妈在厨房里喊。

有些事啊，真是不能开头，不然就要一直做下去。自从上次帮妈妈做了几次饭后，妈妈已经开始心安理得使唤起我来了，于是我懒洋洋地从沙发上爬起来去厨房当下手。

吃完午饭，我回到房间打算来个午觉，刚躺上床，“丁零零”的手机铃声响了起来，10年前的手机还是最简单的国产机，没有微信陌陌那些软件，只能打电话发短信，高级点的有个简易版QQ。不过，那个时候手机质量真的好，电池续航力还足，真的充电两小时能用48小时。

“喂，铃铛啊，有什么事吗？”看到是铃铛的来电，我疑惑地问。

那边铃铛声音放的很小，估计怕她爸妈听见：“你明天中午去老地方啊，校服放在那里了，你换上翻墙来找我。”

“啊？怎么回事啊，你在学校里惹事了？”我一头雾水，难道铃铛得罪了人需要帮手？

“不是啦，你来就对了，我爸妈都在呢，不说了，我继续写作业了。”铃铛小声说完就挂断了。

我盯着手机发了一会儿呆，不知道铃铛葫芦里卖的什么药，但是她找我肯定是有事的。

第二天中午，我按照约定来到老地方，果然有一套校服被叠得整整齐齐放在角落里。我小心翼翼四周看了一看，确定没有人才换上校服翻墙而

过。刚从墙上跳下来，我就傻眼了，墙这边哪有什么铃铛，只有安逸轩抱着胸恶狠狠瞪着我看。

我惊讶又害怕地张大了嘴，不知道该说什么，只是回瞪着安逸轩看。

“你为什么不回我的QQ？”安逸轩气呼呼地问。

“啊？QQ？那个……我最近都没怎么上QQ……”我结结巴巴地说，这是大实话，一来是专心学习，二来也是怕我上QQ会忍不住找安逸轩。

“哼，那你最近在干吗？你这个怪人，为什么总是莫名其妙地出现在我身边，又莫名其妙地不出现在我身边？”安逸轩挑了挑眉，满脸的愤怒。

我浑身抖了抖。

他这是在审问我吗？

我站在他面前气场就小了一半，只能乖乖回答他的问题：“我最近在学习啊，我……我想考进圣约翰啊，所以一直努力学习，为下学期的转学考试做准备。我没莫名其妙地出现在你身边，我……有些事没办法说，我就是喜欢你……至于突然不出现，是我想开了，我不能打扰你，我应该好好学习，和你共同进步。”

“你想考圣约翰？你升学考试成绩多少？”安逸轩微微挑了挑眉，表情有些纠结地问。

“我也没太差，只差一分就够进圣约翰了的，443分。”我眨了眨眼睛说。

“这样看来也不是没机会……”安逸轩仰起头说。他的侧脸在阳光下更是帅得惨绝人寰，可惜我的手机没有清晰的拍照功能，不然一定拍下来珍藏。“你看我干吗！”安逸轩发现我盯着他看居然有一点脸红，“你想进圣约翰干吗？”

“那个，你想听真话假话啊？”我移开目光问。

“那你就都说说吧。”安逸轩似乎来了兴趣，“还有真话假话。”

“真话也许你不信，我是为了你才考圣约翰的，以我的成绩在哪个学校都无所谓啊，考大学看的是分数又不是学校。因为你在圣约翰，我才觉得我无论如何都要考进来，都要和你站在同一高度！”我既有点羞涩又有点兴奋地说，手心都冒出了汗，“假话就是……为了未来，为了好大学，圣约翰是本地最好的，我站在这里就算是倒数也不怕考不上大学。”

“呵呵，想法倒是很积极。”安逸轩唇角溢出一丝冷笑，“所以就没时间理我了。”

我有点犯迷糊，吃惊地瞪着他看。

他是在质问我吗？他是因为我不理他不找他，所以不高兴了吗？

“看什么看啊，不说话了？”安逸轩侧过脸说。

“啊？我……我怕打扰你啊，怕你讨厌我啊，我怕你害怕我再也不理我了，所以就不敢找你了。”我委屈地说。

安逸轩脸色似乎好看了点，他墨玉一般的眼眸亮晶晶的：“那你一开始就不怕我讨厌你，就不怕我害怕你，你莫名其妙闯进了我的生命……”他咬了咬嘴唇，没有继续说下去。

我捏着衣角，不知道该怎么回答：“你信一见钟情吗？我说我对你一见钟情你相信吗？”我抬起头看他一眼，又低下头，“也许我们前世是恋人呢……”

“你是小说还是电视剧看多了？”安逸轩白了我一眼。

“你不相信就算了，你今天叫我来就是质问我的吗？”我嘟了嘟嘴，“没事我走了。”我转身打算离开。呃，不对，我突然想起了什么，又转过身盯着安逸轩问，“不对啊，今天是铃铛叫我来的啊，铃铛呢？你把她怎么了？”想起铃铛，我不禁担心起来。

“铃铛好好的啊，我只是找她打听了一下你，怎么了？不行吗？对于一个莫名其妙老是出现在我身边的人，我不应该问问是谁吗？还有啊，铃铛可是我同学啊，不许我问吗？她偷偷带你进来被老师发现可是很大的罪，我都没举报你们。”安逸轩说得心安理得。

“你……”我被说得哑口无言，“好，衣服还给你，我回学校了。”我打算继续翻墙出去。

“等等，你就这么走了啊。”安逸轩在身后喊住我。

“不然呢？”我转过身盯着他看。

“你一放学就来了，还没吃饭吧，一起去吃个饭，我可不想你下午上课的时候饿晕了。”安逸轩看似云淡风轻地说。

我眨了眨眼睛看着安逸轩，他是在约我吃饭吗？他怕我挨饿啊？我“扑哧”一声就笑了出来。

安逸轩脸色微红，盯着我看了半天，似乎在想我为什么突然笑得这么开心：“不愿意啊，那你走吧。”

“愿意愿意！”我就差没跳起来了。

（三）

安逸轩脸上终于露出了一点笑容，就像冰山融化一样，让我的心都快跳出来了。我跟在他的身后，心跳如小鹿乱撞，脸上更是笑开了花。

安逸轩扭头看我笑得正欢，似乎有一瞬间怔忪，然后瞧着我说：“其实啊，这样看你好像长得也不算吓人。”

我无语地看着他，这算是夸奖吗？还真是安逸轩的作风，不过心里还是很开心的，他能这样说证明有点接受我了，安逸轩这个人可绝对不会对外人说什么玩笑话。

一路走到了食堂，因为刚才耽搁一会儿，食堂现在人已经不多了，可

饭菜也不多了，我看着寥寥无几的几个菜皱了皱眉头。

“我们去三楼吃小灶吧，可以自己点菜的。”安逸轩似乎看出了我的想法，带着我继续往楼上走。

圣约翰的食堂都这么好啊，一共有三层，一楼二楼是大锅菜，三楼是私人承包的小炒。安逸轩带我在一个稍微安静点的地方坐下，然后他熟门熟路去点菜。也对啊，像他对饮食这么挑剔的人肯定是吃小灶的多，我也就心安理得地等着蹭饭吃了。

安逸轩回来的时候手里多了个托盘，里面放着两碗汤和两双筷子，他将托盘放在桌子上，将汤和筷子先放在我面前，再将自己的东西摆好。

我心里一阵暖流涌过，安逸轩真的好体贴啊！

“这是鸡汤，我挺喜欢的，你尝尝，我放了点盐和胡椒粉，没放味精。”安逸轩看着我说。

“我最喜欢鸡汤了！”我低下头就喝了一大口，“哎呀，好烫！”滚烫的鸡汤在我的口腔里如爆炸一般，我勉强咽下，被烫的直吐舌头，也顾不上形象问题了。

“你怎么都不知道小心点啊？鸡汤有凉的吗？真笨！”安逸轩翻了个白眼，拿出纸巾给我，又跑去倒了杯凉水来给我喝。

我拿着纸巾擦嘴巴，喝了好几口凉水缓解。虽然嘴巴被烫的又麻又痛，心里却乐开了花，安逸轩是紧张吗？我实在太喜欢他说我笨的那个表情了！

“真不知道你怎么长大的，喝个汤都会被烫，没起泡吧？”安逸轩语气软了下来，一双漂亮的桃花眼盯着我的嘴唇看了几秒钟。

“不会啦，我以前也被烫过，鸡汤太香了嘛，嘿嘿嘿。”我傻呵呵笑着说，拿起勺子慢慢喝了一口鸡汤，很鲜美。

“真是傻。”安逸轩托着腮看着我说。

“你为什么不喝啊？”我笑嘻嘻问。

“呃，喝啊。”安逸轩似乎才反应过来，拿起勺子慢条斯理喝起来，他喝汤的动作都那么优雅，和他比起来我真是很糙啊！难怪长大之后的安逸轩那么挑剔，从小养成的习惯啊。

不多会儿饭菜就上齐了，一个炒土豆丝，一个宫保鸡丁，一个红烧鱼，我不由感叹安逸轩会点菜，素菜荤菜都有了，还搭配得很健康。

“这里的土豆丝炒得很脆，是招牌菜，宫保鸡丁甜丝丝的，我想女生都喜欢，至于鱼嘛，吃鱼补脑子。”安逸轩简单说了一句，就将红烧鱼上的一大块肉夹到了我的碗里。

我慢慢吃着鱼肉，此时此刻吃什么都无所谓啊，盯着安逸轩就够了。

“你可别被鱼刺卡了。”安逸轩瞪了我一眼，“专心吃饭！”

我低下头乖乖吃鱼，我还真的不太喜欢吃鱼，因为小时候被鱼刺卡怕了，不知道安逸轩是不是注意到我吃鱼的时候特别慢，所以之后夹给我的

鱼肉都是没有刺的！

“谢谢！”我眼泛桃花地看着他说，真是幸福来得太突然了啊。

“我只是不想有人被鱼刺卡到进医务室，你又不是本校学生，去了可麻烦了。”安逸轩故意挑了挑眉说。

我只是点头答应，然后低头吃饭，觉得这顿饭无比好吃。

“多吃一点啊。”安逸轩不时给我夹菜。

“你也多吃点。”我脸色红红地说，在别人看来，我们像不像一对情侣啊！我不禁想到了大学时候，也是类似的食堂，也是类似的场景，只是那时候的我啊，更喜欢作弄安逸轩。

“逸轩啊，把这碗汤喝了再吃饭。”我笑嘻嘻将一碗汤递到安逸轩手边。

安逸轩毫无防备地接过来喝了一口，然后就全喷在了要吃的饭菜上：“哇，好辣！”

“哈哈哈！”我在一旁笑得眼泪都快流下来了。

“好啊，你居然作弄我，看我怎么收拾你！”作为校草的安逸轩就那么不顾形象地和我在食堂里嬉戏起来。

还有安逸轩会在我感冒的时候，特意煮鸡肉粥给我喝，我嫌没味道不肯喝，最后他没办法，只好一口一口喂我喝，我看着这么一个大帅哥伺候我的分上就乖乖喝了。

那时候还有人说我欺负安逸轩，说好好一个校草就毁在我手里了，我哑然失笑。别看安逸轩一副被我吃死的模样，其实我才是被他吃的死死的，我所做的一切都是仗着他的宠溺，所以才会肆无忌惮欺负他。因为知道他不会走，知道他会容忍我。

“你不好好吃饭，又在傻笑什么啊？”安逸轩看我半天不动筷子疑惑地问。

“没有啊，我只是觉得现在很幸福。”我看着他说，真希望这只是个开头，以后的日子还很长，我们能一直这样好。

“傻瓜，吃个饭有什么好幸福的？”安逸轩低声说，却忍不住微微笑了一下。

我愉快地继续吃东西，圣约翰食堂的饭菜真是好吃啊，等我考上了这里，一定天天来这里吃！

“你吃饱了吗？”安逸轩优雅地擦了擦嘴角问。

“吃饱了。”我放下筷子，这才发现三盘菜被吃得精光。哎呀，刚才光顾着走神了，不知道吃相如何，一定让他笑死了！

“女生里面，你饭量算不错的啊。”安逸轩果然笑着说起来。

我揉着撑得大大的肚子，可怜兮兮地看着他，整个就是成年版安逸轩的缩小版，连神情动作都差不多：“我吃太多了，好撑。”

“说你笨吧，吃饱了干吗还一直吃。”安逸轩皱了皱眉，“算了，散

步陪你走回去吧。”他说得很勉为其难一样。

我揉着肚子站起来，才发现食堂里的阿姨看我的眼神笑眯眯的，很不对劲。

“那个阿姨为啥对我笑啊？”我小声问安逸轩。

“从没见过女生在我面前这么大吃特吃啊。”安逸轩冲着那阿姨一笑，轻松回答。

“讨厌！”我瘪了瘪嘴，回了他两个字。

安逸轩似乎心情很好，陪着我走出食堂，才出食堂就遇到了也才出来的铃铛，看到铃铛我扑过去一把抓住了她。

“希子！是你啊！你来我们食堂吃饭啊？啊，安逸轩？你们两个一起啊？”铃铛错愕地看着我和安逸轩，说话都有点语无伦次了。

“你说，安逸轩给了你什么好处把我给卖了？”我瞥了安逸轩一眼，将铃铛拉到一边问。

铃铛明显有些心虚，偷偷看了眼安逸轩，小声在我耳边说：“也不能全怪我啊，他可是给我画了好几门课的重点啊。还有，我觉得他对你挺有意思的啊，虽然上次对你做的有点过，但谁让人家是校草呢，成绩好人又帅，高傲一点也正常是吧。”

“为了几门课的重点你就卖了我啊！我的QQ也是你给他的了？”我怒

气冲冲地问。

“啊，是，其实他找我的时候，被我拒绝了好久呢，我可不是不义气的人，但是他太厉害了，而且太坚持了，我想你那么喜欢他，我就给他个机会。”

“你啊你，说什么都是你，我还要感谢你是不是？”

“那当然啦！”铃铛贼兮兮笑起来，“我要是真的坚持不给他QQ，不帮他约你，你们两个不就真的断了吗？哪能有今天在一起吃饭的机会啊，这算不算在一起了啊？”

“胡说什么，只是一起吃个饭而已！”我脸红地强调。

铃铛捂着嘴笑道：“你又没我们的饭卡，他请的客吧，我刚才一楼二楼都去了，也没看到你们啊，肯定在三楼吃的吧，好大方呢。”

“你啊你！”我被说得羞涩起来，忍不住拧了下铃铛的脸蛋。

“还害羞了啊，说真的，你那么喜欢安逸轩，这下可算如愿所偿了吧，我这个跑腿的是不是该退居二线了啊？”

“我们只是朋友而已，你不要乱说，你怎么能是跑腿的呢，你可是我最亲爱的姐妹啊！”我抱着铃铛说。

铃铛一把推开我：“要抱也抱别人去，这会儿开心了，不打扰你们了，我先回教室，安逸轩在那边等你呢，看他那要杀人的眼神，我可惹不起。”说完冲着我做了个鬼脸就跑开了。

（四）

我反倒不好意思起来，朝着安逸轩看了一眼，安逸轩已经朝着我走过来。

“审问出什么了吗？”安逸轩饶有兴味地看着我问。

“啊，那个，你还挺关注我的啊。”我摸了摸头，羞涩地说。

“就许你突然出现在我身边，不许我啊？你到底怎么知道我家地址，怎么知道我学校的啊？”安逸轩应该是问出了他心中的疑惑。

“那个，有心自然能知道啊。”我心虚掩饰，继续走路。

安逸轩也没有继续追问，跟在我的身边一起走，路过操场的时候我多看了两眼，那里依然有男生在打球，有女生在围观。以前身在其中不觉得有什么，如今远远看来便如电影一般，有种隔世的恍惚感。

“我觉得现在最适合听一首歌。”刚想说是王菲的《致青春》，就突然想到了现在并没有这首歌。

“什么歌啊？”安逸轩随口一问。

“那个……《同桌的你》。”我大脑最快反映出一首印象深刻的校园歌。

“你可真会联想，我同桌是男的，你呢？”安逸轩漫不经心地问。

“是女生啊，一个美女呢。”我笑嘻嘻说。

“你啊，还喜欢看美女啊，不喜欢看帅哥吗？”安逸轩继续问。

“也喜欢啊，但是最大的帅哥已经在我面前站着了啊。”我很狗腿地回答。

安逸轩似乎很满意这个答案，俊颜上满是笑意，他笑起来的模样像极了10年后很火的一个男明星，那可是国民老公级别的人物啊。

“你翻墙过去要小心。”安逸轩停下来说。

我这才发现已经走到墙角了，这段路今天好像特别短，我有些恋恋不舍地看着他，不知道该说些什么。我们还会有下次机会吗？我们还能像今天这样吗？我可以跟从前一样天天找他吗？很多话都在我脑子里打转，却一句都说不出来。

“你要是不怕被发现的话，想要继续溜进来看我打球也不是不可以。”安逸轩漫不经心地说，表情带一点高傲，眉毛上扬着，嘴角挂着一抹浅笑。

“哇，真的啊？”我瞪大眼睛，难以置信地问。

“嗯，不过你要小心，被发现可跟我没关系。还有哦，你记得你自己的目标，你可是想考进这里的，到时候……你先考上再说吧。”安逸轩瞪了我一眼，收敛了笑容。

“谢谢！”虽然我想说的是其他的话，但为了不吓到安逸轩，我还是老老实实说最常见的感谢吧。

“嗯，快走吧，下午还要上学，路上小心。”安逸轩看着我说。

我答应一声，熟门熟路爬上墙翻过去，然后把校服脱下来从这边扔过去，朝着自己学校跑去。

坐到教室里的时候，我都觉得不可思议，我就这么和安逸轩相处了一中午，他不仅没有气我怕我厌恶我，还为我不出现而生气，甚至请我吃饭，让我继续看他打球，他可不是会对自己不喜欢的人热情的男生啊，看来我已经走出了成功的第一步！

“希子，你笑什么啊？从上课到现在，你一直在笑。”熏怡然推了推我小声问。

“啊，没什么，想起了好笑的事而已。”我微笑着搪塞过去，却又忍不住笑起来。

“沙希子同学，请你上来解一下这个公式。”老师点着我的名字说，表情很严肃。

“这个……”我盯着黑板上的陌生又熟悉的公式，有点发懵。

“不会吗？刚才怎么听课的？只顾着傻笑，遇到什么喜事说出来跟大家分享下啊？”老师皮笑肉不笑地问。

我低下头，脸火辣辣热起来。

“坐下好好听课，我知道你目标高，这么简单的题都不会怎么考过去？”老师的声音很严肃。

我听了之后顿时收敛了心神，将全部注意力放到课堂上。老师说得对，我不能走神，我要考圣约翰的啊！还有安逸轩，他也要我好好学习啊，我不能开小差，不能功亏一篑！

“希子啊，你想转到圣约翰的事大家都知道了，圣约翰也没比我们好多少啊，你要是去了，我就少了个好朋友了啊。”熏怡然有些难过地说。

“我走了你还有其他朋友啊，而且人总要向前看的嘛，我也不一定能考进去，不过尽力而已。”我安慰着她，心里却想我一定要考过去才行啊！

“高材生啊，以后要让着点了啊。”

“不就是圣约翰嘛，考上了再说吧。”

同学们的窃窃私语在耳边响了起来，正常啊，学生时代大家拼的就是学习嘛！现在的人还很单纯，不太会拼爹拼钱什么的，就是看谁学习好谁进了好学校，他们即使嫉妒你说你也不会在你背后捅刀子，这点还是我可以容忍的。

“不管我以后怎么样，你们都是我的同学，我们是一个班的，我永远不会忘记的。我想考圣约翰也是为了圆梦，和学校好差没关系，哪怕今天圣约翰是一个二流三流学校，我也还是要去读的。”我大声说。

同学们从没听过我这么大声说话，一时也都没了声音，纷纷各忙各的去了。

“希子，我也想考圣约翰呢，别理他们，我们好好努力。”同为尖子生的雪儿给我传了张字条。

我朝着她露出会心一笑，做出加油的手势。

“我还是希望你留在这里啊。”熏怡然看着我说，眼眶似乎都要红了，“不然我一个人多孤单啊，和新朋友相处也没有和老朋友那么好了。”

“你也想太多了吧，而且朋友好坏和认识时间长短也没关系啊，其实我们除了学校，私下接触也不多吧。”我委婉地说，即使她曾经再怎么对不起我。

“这个，同学同桌也一样嘛。”熏怡然换了口气说。

“好了，继续好好学习吧。”我将注意力放在书本上，不能再走神了！

晚上回到家里，我才彻底放松下来，将积累的欢喜好好发泄了一通。先是一路跑回家，又是一直唱歌，还心情很好地下厨做了一道很简单的点心，把爸妈高兴坏了。

第五章

05

甜蜜蜜进行曲

（一）

和安逸轩关系的突破让我充满了信心，但是我还是很清楚安逸轩的性格的，虽然他对我有改观，我也要继续加油才行，学习上不能放松，以考上圣约翰为最大目标。

“本周四和周五将有一场模拟测试，测试成绩会给大家进行一次年级排名，同学们要好好努力准备。”班主任拿着一堆习题走进教室说。

“啊，又测试，还排名？”同学们纷纷哀号。

面对紧张抱怨的同学们，我的反应却完全相反。如果我能有个好名次，一定会让安逸轩刮目相看的，他就会明白我不是个说说而已的人，我是有能力有实力上圣约翰的人！

看书背书做习题成了我这几天的重要任务，安逸轩那边只好暂时放一下了，我想等考完试拿着成绩去找他。嘿嘿，那时候才有自豪感嘛！

连上体育课我都不忘记带着本书看，一到自由休息时间就跑到一边看书。因为我开学以来种种“怪异”的表现，除了熏怡然，其他人也不太接近我。这样也好，我看到他们总不自觉想到他们的以后，我不喜欢这种未卜先知的生活。

“哇，你好勤奋啊，在背书呢。”牧野歌的班级也正好上体育课，他不知道什么时候看到我在看书，凑过来说。

我翻了翻白眼不太想理他，冷淡地点了下头，继续背书。

“我这儿有一些比较重要的考题，一起看看吧。”牧野歌似乎一点也不在乎我冷淡的态度，他拿着一本习题册，里面是密密麻麻的题目。

“你也在准备考试啊？”原来不是为了熏怡然的事情啊，我态度好了那么一点点，侧眼去看他的习题册。

“这几题比较难，你试试看会做吗？”牧野歌给我画了几题。

我翻出笔记本记下来开始做题，偶尔遇到想不通的地方牧野歌就点我一下，很快就将他画的题目做完了，而且我还举一反三，延伸了其他题目出给牧野歌看。

“厉害啊，这也能想到，我都没反应这么快呢，我们一起加油吧！”牧野歌笑得很开心，露出八颗白灿灿的牙齿。

“好啊，好啊，你这本习题册里好多题目我都没怎么见过呢！”我立马答应下来，现在能让我感兴趣的也就是这些考题了。

“你和牧野歌还挺谈得来啊。”回到教室里，熏怡然就看着我问，脸上的笑容有点勉强。

我摇了摇笔记本说：“我们只是在研究考题啊，你要不要看？”

“你看吧，我又没那么想考圣约翰。”熏怡然摇了摇头，一副一点不感兴趣的样子，“不过，你想上圣约翰就没其他原因吗？就因为圣约翰好？”

“能有什么理由啊？”我抓了抓头发，不想继续这种没营养的话题，而我和安逸轩的事情也绝对不想告诉她。

熏怡然似乎是放弃了，她拿起一本书在看，一边看一边似乎在自言自语：“我总觉得你不对劲啊。”

“你想太多啦！”我立马坚决否认了她的胡思乱想。

放学之后，才迈出校园，我就又遇到了牧野歌。有时候就真的很奇怪，当年天天想偶遇牧野歌，也没遇过一次，怎么如今倒经常能碰到他。牧野歌穿着深蓝色校服，背着天蓝色的书包，一手拿着书，一手背在身后，正站在一棵凤凰树下徘徊，像秋天里的王子。我不太确定是要跟他打招呼，还是装作没看到走开，也许他在等熏怡然呢，不过印象中熏怡然家不是这个方向的啊。

“哎呀，希子啊，好巧啊。”牧野歌一个回眸竟然看到了我，他扬起手里的书朝着我打招呼，俊颜上满是微笑。

我不好意思走开，也只能客套地跟他打招呼：“好巧啊，你不回家在干吗呢？等熏怡然吗？她家不在这个方向哦。”

“不是啦，我是……那个，我想约你去书店买练习册，我听老师讲书店新进了一批精选习题很不错，我们一起去看看吧。”牧野歌将书收进书包说。

“那些习题这么好怎么我们班主任没说呢，我觉得把老师发的试卷做完就差不多了吧。”我不是很想去，于是委婉拒绝道。

“每个人的渠道都不一样啊，而且老师们彼此间也有竞争啊。”牧野歌装作很神秘地小声说，“每次测验成绩都会影响老师的工资和升迁啊，再说了，多看看也没什么不好啊。”

“那，好吧，去看看。”我被他说的有点动心，反正是为了学习，宁可错杀不能错过啊！

偌大的书店10年后早已经消失了，我站在这里真的有种说不出的感觉，那种亲切感让我有一瞬间的鼻酸。10年后的书店越来越少，我是爱极了这样的书香的，我都不记得多少本书是在这里看完的，真的是好怀念

啊！

“你很喜欢看书啊。”牧野歌看着我细心抚摸书本的模样问。

“是啊，看书好，增长知识啊。”我竟然还翻到了一本已经绝版的书，果断将它拿起买下来，我有段时间想看却实在找不到。

“我觉得你和我想象中的样子差别还挺大的啊。”牧野歌看着我选的书，眼睛有一丝亮晶晶的光。

“那倒是真的，一千人眼里有一千个哈姆雷特，你眼中的我应该是什么模样啊？”我随口一问。

牧野歌却沉默起来，似乎在想着什么，他半垂下头咬着嘴唇，半天才说：“我还真是说不出来，跟别的女生都不一样。”

“好啦，你别想了，要研究不是也应该去研究你的熏怡然吗？怎么样，你们进展如何啊？我看你们那天聊得很开心啊。”我笑嘻嘻看着他问。

“还可以吧，就是朋友嘛。”牧野歌岔开话题，“习题册在这里。”他拿起一本黄色封皮的一年级语数外精选习题给我看，竟是厚厚一叠。

“语数外都有了，好厚啊！”我拿起习题册翻看着，里面的题似乎挺陌生啊，我当年考试遇到过吗？记不住了呀！

“那就买一本吧。”我准备去付钱。

“我来吧，你总是帮我，也让我有个感谢你的机会啊！”牧野歌说完，就抢过我手里的书跑去付钱。

我呆呆地看着他，不禁笑了起来，这点觉悟还是不错的，看在这个书的分上，我就稍微透露点熏怡然的事情吧。

“你突然对我这么好，是想继续打听熏怡然的事情吗？还是让我帮你支招啊？”离开书店之后，我问牧野歌。

牧野歌扬了扬手里的习题册说：“先把这次测验应付完再说吧，你一直在帮我，我很感谢你的啊。”

“好的，时间不早了，我也该回家了，你也早点回家吧。”我跳上了一辆公交车，跟他挥手再见。

“路上小心点啊！”牧野歌冲着我喊道。

不知道为何，我心里有一点点异样的感觉，但很快就被驱散了，他和熏怡然才是一对啊，和我是没有什么交集的。

经过我的精心准备，考试的时候发挥还不错，考完之后我觉得充满了信心。果然，公布成绩的时候，我竟然是全班前三名，全校前二十名，这可是我入学以来最好的一次排名啊！虽然不是期末考试，但让我又有了巨大的信心。

考完试就是周末，我拿着成绩单在家好好歇了两天，等待着周一的到来。应付完考试，我才有时间去找安逸轩啊！想到这里我给铃铛打了电话，让她给我准备好校服，然后就喜滋滋玩去了。

（二）

苦苦等待的周一终于到来了，我一大早就醒来了，好好打扮下自己就去学校了。一上午就在各种激动遐想中度过，中午放学铃声一响，我就飞一般跑出教室。

我一路向着圣约翰的墙角走去，快走到的时候，突然听到身后有人叫我的名字，我好奇转头，竟然是满头大汗的牧野歌，他看到我的时候露出不好意思的笑容。

“啊，是你啊，你来干吗？”我有些警觉地问。

牧野歌擦了擦汗水，似乎鼓起勇气说：“我有话要跟你说。”

“什么啊？”我有点着急，我还赶着去见安逸轩呢。

“其实，经过一段时间的接触，我发现我弄错了一些事情，我对熏怡然同学的喜欢并不是那种喜欢，我……对你有好感，我想和你在一起，我发现我真正喜欢的人是你！”牧野歌看着我一片深情地说。

我听完就愣住了，这是什么情况？以前不是这个剧情啊！

“那个，你冷静一下……”

“我很清醒，希子，我知道你现在以学习为重，我也不是想立刻要你的回答，我只是希望以后和你在一起，你不用急着回答的，我等你！”牧野歌说完，红着脸跑开了。

我看着他跑开的模样，一时有些反应不过来，牧野歌喜欢我？这是以前没发生过的事啊，他如果喜欢我，那熏怡然呢？他们不会在一起的话，我算不算改变了历史呢？我皱了皱眉，看来以后做事要小心啊。

我慢慢走到墙边，找到铃铛留给我的校服穿好，然后熟门熟路地翻墙而过，墙那边等着我的竟然不是铃铛，而是安逸轩！

安逸轩面无表情地看着我，乌黑的瞳仁里似乎有满满的不开心，见了我也不说话。

我心里一寒，笑嘻嘻打招呼道：“嗨，你在这里啊，铃铛没在啊，怎么了吗？”

安逸轩还是没说话，只是瞪了我一眼，一副在生闷气的模样，他是在生我的气吗？气我这么久没来找他吗？

我看着他气呼呼的模样，又有点忍不住想笑，如果他真是因为我没来找他生气，不是证明了他喜欢我吗？

想到大学时期，安逸轩也是这种一言不合就冷暴力的样子，非要我道歉才肯给我一点好脸色看。

有一次，有个关系很好的男同学要我帮忙交论文，然后为了答谢请我吃了一顿饭，我以为小事就没有告诉安逸轩。谁知道那么不巧，刚在饭店

坐好就看到安逸轩走了进来，随意穿着一身休闲装，黑曜石般的眼眸直直瞪着我，那个男同学也颇为尴尬，喊了安逸轩一起吃，安逸轩坐下来之后也不客套，但是全程都几乎无笑容，弄得一顿饭吃得味同嚼蜡，男同学更是提前结账离开。

我和安逸轩走出饭店的时候，他就一声不响地走在前面，仗着腿长也不等我，我一路小跑着，喊他他也不理我。

“安逸轩，你等等我啊！你怎么了啊？”我气喘吁吁地跟在他的身后，一边走一边喊。

他只顾往前走，一直走到一棵树下才停下来，转过身面无表情看着我说：“难道不是应该我问你这个问题吗？”

“人家只是谢谢我帮他送论文而已啊，一顿饭难道都不能吃吗？我和他又没什么。”我气呼呼地噘着嘴说。

安逸轩冷冷一笑：“那么多人都不找，偏偏找你帮忙，吃饭当然没什么，为什么不告诉我呢？”

“你这样就有点没意思了，吃醋也要有理由吧。”

“谁吃醋了，就那个人的醋我还不屑于吃。”

“那你想怎么样？你生什么气啊？”

安逸轩就又开始沉默，抱着胸居高临下瞪着我看。

我的气场顿时小了，只能换了笑脸道：“是我不好，没有提前跟你说，下次一定提前告诉你！”

“你还想有下次啊？”安逸轩瞪大了眼睛看着我，五官的表情立马有点扭曲。

“没有下次没有下次！”我挥手投降状，又小鸟依人地赖在他的怀里，“下次谁请我谁要我帮忙我都告诉你，而且啊，你这么帅，哪里有人能比过你呢，我心里只有你啊。”

安逸轩的嘴角抽了抽，用一根手指点着我的头说：“就会卖萌撒娇，你要知道，这是原则性问题。”

“知道啦。”我乖巧回答，心里甜丝丝的，他也是喜欢我才这样嘛。

这种情况还一直延伸到工作中，有一次因为赶一个项目，我连续三四天在公司加班，连手机没电了都不记得充，结果安逸轩找不到我都快发疯了。等我终于可以下班回家的时候，已经累得什么都不知道了，给手机充上电就睡了过去。等睡醒就发现手机满满的未接来电和留言，然后就是安逸轩怒气冲冲又不发一言的脸。

我心里也是委屈，我那么忙那么累，不接电话不回信息也不是我的错，可是看着安逸轩一脸憔悴的模样，我顿时就觉得错全是我的了。他原本黑白分明的瞳仁现在布满了血丝，胡子也没刮，下巴上一片青青的胡渣，头发也是凌乱的，用某人的话说，从来没见过这么不修边幅的安逸轩。

“对不起，我错了。”我一片心疼。

安逸轩倔强地看着我，仿佛恨不得吃了我又无法开口，最后他无奈地叹口气：“你知道我会担心你的吗？”

“实在是太忙了。”我低头说，真的是特别后悔啊，不该不跟他说一声的啊。

安逸轩一把将我抱住，那一瞬间好像什么话都不需要说了。

太多回忆几乎淹没了我，看着面前一脸青涩，穿着校服的安逸轩，那副生气的表情简直跟成年的他如出一辙。我看着面前的少年，与记忆里的男人重叠着，他倔强的眉眼，俊逸的容颜，那双含着怒意，又不肯明白说出来的眼神。

“哈哈！”我忍不住笑出来，心情异常愉快。

安逸轩的脸从耳根处开始红，他扭过头斜瞥了我一眼：“笑什么笑？”语气也是臭臭的。

我笑着叹了一口气，有些无语：“你是不是生气我这么久没来找你啊，我在准备测试嘛，这次来就是想告诉你，我这次考试成绩特别好哦！”我将成绩单拿出来给安逸轩看。

“看你那么笨能学成这样也是为难你了。”安逸轩看了眼成绩单，有些嫌弃地说，我却分明从他的眼中看到一丝欣赏。

“有什么话不能直接说呢？你明明是在气我不来看你吧，你也觉得我考试成绩不错的吧，夸夸我会怎样啊！”我嘟了嘟嘴，装作生气的样子。

“谁在气你这个，我要去打球了，你过来看。”安逸轩转身向着操场走去。

我屁颠屁颠跟在他的身后也往操场走去，那里已经有男生们在热身了，安逸轩迅速换了衣服也上了场，我一个人就找了个安静的地方看他打球。

“加油啊！”每次球传到安逸轩的手里时，我都会朝着他大喊一句，他好像故意表演似的，每次都要把球玩个花样才去投篮，每次投完球后还会朝着我看过来，似乎等着我夸奖他一样。

“好帅啊，安逸轩真的好帅。”安逸轩的这个举动自然引得围观的女生们一片惊呼。

我翻了翻白眼，故意不再出声，安逸轩果然频频向我看过来。我每次都若无其事地瞪着他，看着他不满的表情，我心情大好起来，终于有了点扳回一局的感觉。

“喂，我打得不好吗？”打完球安逸轩就直朝着我走过来，汗水顺着他的头发流淌，阳光下有一种别样的性感。

“很棒啊，可是已经有很多女生给你喊加油助威了啊。”我笑意盈盈地说。

“她们是她们，你是你！”安逸轩定定地看着我说。

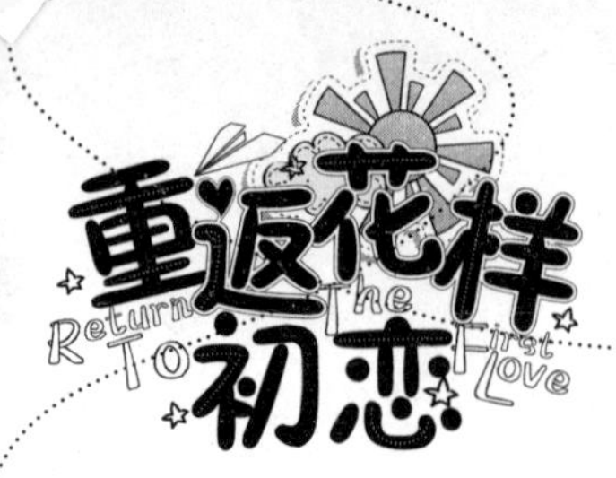

我心里充满了小得意，笑得更加欢乐："知道啦。"

"以后不许突然不找我不理我。"安逸轩像个孩子似的说。

我点了点头，捂着肚子说："我有点饿了。"

"走，带你去吃饭。"安逸轩宠溺地笑着说，他伸出手似乎想摸我的头，可是手在半空中停了下，还是摸了摸他自己的头，"我去换衣服。"

我们在一起的日子里，安逸轩还真是特别喜欢摸我的头，他说喜欢我的长发，只是我现在是娃娃头短发，我突然想自己是不是要留长发了呢？

（三）

人开心的时候总觉得时间过得很快，就比如我现在这样，安逸轩几乎每天都会给我发信息，约我去看他打球，请我吃饭，晚上的时候也会问我作业写得怎么样，有没有不会的习题之类的。虽然我们还没有进一步发展，但是这样已经让我足够开心了。

有时安逸轩打完球还有其他事的时候，就会让铃铛陪我，铃铛这个小跟班也乐于跟在我和安逸轩的身后，我有时觉得铃铛都快被安逸轩收买了。因为铃铛的成绩噌噌噌上涨，而我的一举一动总是被安逸轩知道。

"你和安逸轩真是好暧昧啊，这是在一起了吗？"午后铃铛和我一人一个可爱多，坐在操场上聊天，铃铛的大眼睛里满是不怀好意的笑容。

我吃着可爱多望着操场上打篮球的安逸轩，别有深意地说：“多可爱的生活啊，别想那么复杂，我们就是好朋友而已。”

“啊？只是好朋友啊，可是你那么喜欢他，现在看来他也挺喜欢你的啊。”铃铛有点不解地问。

“这个喜欢有很多种啊，我们暂时还没其他发展，你就不要那么八卦了。还有，不要老是跟他报备我的事情好不好？我才是你死党吧，我也要有点隐私啊！”我腾出一只手，捏了捏铃铛的脸蛋，“比如爱睡懒觉，爱吃零食之类的，说出去很糗的，你可以跟他说我多爱学习啊，多听话乖巧啊！”

“哇，那也太假了吧，我只是实话实话嘛！再说了，我还不是为了你，我就这么一个好姐们，当然希望你幸福啊，我觉得安逸轩人很不错，你看他，那么帅成绩那么好，多招女生喜欢啊！可是他都冷冷的谁也不接近，除了你，多值得托付啊，我是希望他对你好包容你，所以才会讲你的事情啊，而且他也很感兴趣。”铃铛一脸真诚地说。

“我知道你为我好啦，不是你，我和安逸轩也不会关系这么好。但是他这个人啊，我最了解了，不能进度太快，会吓坏他的。”我充满爱意地看着奔跑的安逸轩，他这种爱纠结又温吞加外冷内热的性格，是不太可能现在就和我怎么样。

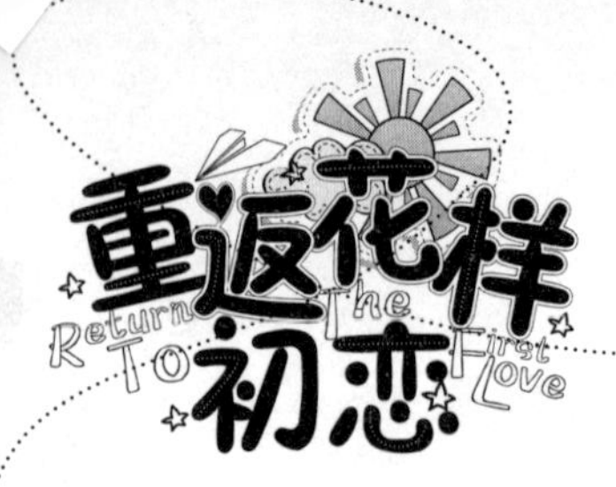

经过大学时代的相处，我就知道安逸轩是走细水长流路线的，他即使喜欢一个东西也不会在最初有什么热切表现，但是当他一旦认定那是自己的，可霸道得很呢。

“说得这么了解他的样子，那你现在是什么打算啊？”铃铛好奇地问。

我眨了眨眼睛很认真地说：“好好学习，考上圣约翰再说啊。”

“啊？就这样啊？”铃铛明显有点失望，“你们不是已经很好的样子了吗？”

“这是表面啊，证明了安逸轩不讨厌我，或者对我有那么一点好感，一点不同于其他女生的好感，但是他也不能确定这是爱情。我只有先进入圣约翰了，才能和他慢慢走入下一步，慢慢让他看到我的优秀和坚持，让他感受到我对他的爱。而且时间那么长，我们这次一定会幸福地走下去的！”

“你说得好肉麻啊，爱来爱去的，一点不像我认识的希子。还有啊，听你说话总觉得你们以前在一起过似的，但是你们明明不认识啊。”铃铛看向我的眼神充满了不解。

“这个，对不起铃铛，我没办法跟你解释，但是请你相信，我还是那个希子，我还是你最好的朋友，这个是永远不会变的！”我握住铃铛的手说。

“好啦好啦，我知道了，不管你做什么，我都会支持你帮助你的，你和安逸轩简直是天造地设，一定会在一起的。而且你们两个学霸在一起，肯定是强强联手，不会影响未来学业什么的，我跟着你们沾沾光，一定也能考上好大学！”铃铛突然开始联想起来，“你说，我们以后会不会成为三剑客啊？”

“打住吧，你的冰激凌都化了，安逸轩打完球了，我们三个一起吃饭吧。”我看着正在收拾球场的安逸轩说。

“好啊好啊，反正是安逸轩掏钱，不蹭白不蹭！”铃铛欢快地扔了融化的可爱多。

安逸轩朝着我们走过来，脸上的表情仍然是冷冷的，并不见热情：“一起吃饭？”他看着我轻声问。

我点了点头：“带着铃铛吧。”

“好啊。”安逸轩带头走在前面，“你们两个关系真好。”

“那当然啦，我们可是从幼儿园就在一起的好闺密啊。”铃铛亲热地挽着我的手说。

“哦。”安逸轩轻轻答应一声，并没有继续往下说话。

我和铃铛跟着他走到食堂，他去打饭，我和铃铛就找地方坐，铃铛看着忙碌的安逸轩说：“他果然是很冷，明明那么熟了，也不见他多笑笑，看来你说要慢慢来是对的。”

“哈哈，他啊，外冷内热，你不要被他吓住了，他熟起来可是很热情的哦。”我想起他对熟人开玩笑的样子，还有大学时他捉弄铃铛的样子，真是想起来就觉得好笑，可是现在的铃铛恐怕也不会知道那时候的事情了。

“你笑什么呢？”铃铛看我笑得开心问道。

“没什么啊，想到一些开心的事情而已。”我随便掩饰过去。

吃饭的时候，安逸轩总是将我喜欢的菜挑给我，惹得铃铛又羡慕又抱怨，最后安逸轩来了一句：“你不喜欢下次可以不和我们一起吃饭啊，或者找个给你挑菜的人啊。”

“啊啊啊，你太讨厌了，下次真不跟你们一起吃饭了！”铃铛没想到安逸轩会这么说，气得脸通红，随即便把气发泄在饭菜上大口吃起来。

我看着自己的好姐妹和最爱的男人，真是觉得自己很幸福啊，希望可以一直这样幸福下去。

吃完饭，铃铛很识趣地先跑了，留下安逸轩送我回老地方。再等一段时间，等我考上圣约翰，就不用再过这种翻墙的生活了！

“你上次买的那本测试题用处不大，我给你重新整理了一下，你没事的时候看看。”安逸轩云淡风轻地说，接着拿出我之前和牧野歌一起买的习题册递给我，“下次不要听那些同学随便地买书。”他瞪了我一眼。

“呃，大家都是同学也不能这样说嘛，共同进步啊。”自从我告诉他牧野歌带我去买习题之后，他就对这本习题和牧野歌显出态度很差的样子，幸好我还没告诉他牧野歌追我的事情。最近我经常躲着牧野歌，我想他也明白我的意思吧。

“你要记住你自己的目标，好好学习。”安逸轩伸出手在我头上不轻不重地打了一下，“时间不早了，快回去吧，注意安全。”安逸轩拍了拍我的肩膀说。

我笑着点了点头，动作麻利地翻墙而过，我觉得我自己体育成绩肯定会非常好，这翻墙翻得，我自己都想给我自己点赞！

（四）

虽然中午总是没办法午休，我却依然精神奕奕，上课也格外认真，心情好的时候人总是精神饱满的。反倒是我身边的熏怡然，最近一段时间心情似乎都不佳，也不怎么理我，我正好也乐得清静，因此也不去主动找她，或许牧野歌的事情让她心里不开心了呢！为了避免瓜田李下，我最近是见到牧野歌就立刻掉头走，我并不想因为牧野歌的事情得罪熏怡然，古语有云，宁得罪君子不得罪小人嘛。

可是牧野歌似乎一点也不识趣，依然会找各种机会出现在我的四周，

偶尔也会去找熏怡然聊天。下午课间休息时，他竟然直接托了一个同学进来找我，说他在操场等我，让我万分无语。不过转念一想，说清楚也好，而且操场上他也不能做出什么出格的事情，同学间也都抬头不见低头见的，我也不想和他闹得很僵。

牧野歌身材高大，穿着蓝白相间的运动服，更是有种英姿飒爽的模样。他应该是刚上完体育课，头发有点微湿，脸上还有一些汗水未干，我走到他的跟前大方地打了个招呼。

“希子啊。”牧野歌看到我立刻笑了起来，他的笑容很阳光，总是露出雪白的牙齿。

我也微笑地看着他，腹内打着草稿：“你找我有什么事呢？”我想他要是表白什么的，我就立刻用学习啊未来啊来搪塞他。

牧野歌咬了咬嘴唇，又伸出手摸了摸自己的头，一副很纠结的表情：“希子啊，你最近一段时间，是不是经常翻墙去隔壁的圣约翰啊？”

“啊？你……”我惊愕地看着他，一句话竟然没说完，“你怎么知道？”

“你别管我怎么知道的啊，是不是真的啊？圣约翰的魅力就那么大吗？”牧野歌的一双丹凤眼里充满了疑问。

“你到底是听谁说的？真的假的，和你有关系吗？”我气呼呼说道。

牧野歌皱了皱眉，表情很受伤，声音也低了下去：“我……我是听熏怡然同学说的，她说你最近一段时间上午一放学就跑出去，直到下午上课前才回来，她说你是翻墙去了隔壁的圣约翰，她还说……”牧野歌盯着我看了一眼。

“还说什么啊？你都说到这分上，还怕继续说下去吗？”我冷笑着问他。

“她还说你在那个学校八成有恋爱对象，所以你才会经常跑过去。希子，这些都是真的吗？我想听你亲口告诉我。”牧野歌深吸了一口气，说完这句话。

我低下头陷入沉思，我翻墙过去一向都是很秘密的啊！我每次走过去都会检查一遍，确定没人跟着我，四周也不可能有人看到啊，熏怡然怎么会知道呢？她的家也不在圣约翰那个方向，她中午也一向不在学校外面晃荡的啊，她怎么会知道我翻墙去圣约翰，她怎么会猜测我有个恋爱对象在圣约翰呢？她为什么不亲自问我呢？而是把这一切都告诉牧野歌呢？

“难道是真的吗？希子，你真的有喜欢的人在圣约翰？你每天翻墙都是去找他的吗？”牧野歌似乎有点着急，他的眼神里满是失望和忧伤。

我不能让他知道真相，毕竟在这个年代，早恋可是被明令禁止的事情，如果被学校发现了，肯定少不了找家长，而安逸轩也会被我影响！

“我不知道熏怡然为什么这么说，我的确去过圣约翰，你知道我一直想考圣约翰，但是并不是因为我有个恋爱对象在圣约翰。你知道的，我目

前只想好好学习，并不想让乱七八糟的事情影响到我，我去那里是因为我有一个闺密在那里上高中，我是去找她玩的，顺便熟悉圣约翰的环境，还有和她交流一下两边的教育区别，考试习题之类的。”我不能完全否认，又不能完全承认，只好又把铃铛拉出来搪塞了。

“真的吗？”牧野歌有些茫然地看着我问。

“当然是真的，不信的话，要不要我叫铃铛出来给你说说，还是放学的时候我们一起去圣约翰找她？”我挑着眉怒气冲冲地说，“以我和你的关系，似乎没必要解释太多，我做什么都是我自己的事情，但是我不想有子虚乌有的事情影响我的声誉。”

“你别生气啊，我只是来找你求证一下，你知道……”牧野歌很是着急，“你知道我喜欢你……”

“对不起，我好像从来没接受过你，我说得很清楚，我们只能做朋友，我不想早恋，而且你也不是我喜欢的类型。还有，你不是喜欢熏怡然的吗？我可不会喜欢上三心二意的男生。”我依然含着怒气说。

“对不起，希子，我知道都是我的错，我刚开始找你帮忙，真的是因为错觉。我认识了你才发现什么是喜欢，我知道你对未来有很多规划，我们可以一起努力啊，我不是逼你现在接受我，我们可以一起进步，一起考大学。我们以后还有很多时间，我只是希望你不要躲着我。”牧野歌的耳朵都红了起来，对着我一直道歉。

“如果真的是对我好，就收起你的喜欢，好好学习，有什么事等我们长大了再说。也不要再说什么喜欢不喜欢的话，多肉麻多别扭啊，你要是再说什么有的没的，我就真的再也不理你了。”我嘟了嘟嘴，余怒未消地说。

牧野歌连连点头，唯恐我会真的不理他：“好好好，都听你的。”

“你和熏怡然关系也不错嘛。”我看着他问道，这个熏怡然，真是不简单啊。

牧野歌立刻摇头：“没有没有，我只是找她打听你的事，你……你那么忙……我怕我太贸然找你会打扰你。”

“哦，现在是怕打扰我了，当时找我打听熏怡然的事情怎么不怕打扰我，最讨厌你这样的了，还听风就是雨的，回去好好上课吧。”我转身就要离开。

“希子，对不起，都是我的错，我保证下次再也不会犯了，你不要生气啊！”牧野歌在我身后说。

“好了好了，我不生气了，但是你真的要记住，我们只是同学，你可不许再说什么莫名其妙的话了。”我扭头看着他说。

“好好，我记住了。”牧野歌对着我比出一个OK的手势。

回到教室里，我看了熏怡然一眼，她没什么精神地趴在桌子上，似乎对我一点也不在意。

“怡然，你不舒服啊？”我碰了碰她的胳膊问。

“是啊，最近睡不好，你最近很开心吧。”熏怡然眨着那双楚楚可怜的眼睛看着我，“真是让人羡慕。”

“我可听不明白你的话，我也就是每天学习啊，有什么好很开心的，唯一值得开心的就是成绩还不错吧。”我挑了挑眉说。

熏怡然不置可否地笑了笑：“我也是随口一说，你那么紧张干吗。”

“我可没紧张，只是怕自己不小心成了绯闻女主自己还不知道。”我笑嘻嘻看着她说。

“快上课了，我们别闲聊了。”熏怡然故意岔开话题，开始整理自己的书包。

我也没有继续说下去，有的话真的说开了反而不好，我现在还不知道熏怡然到底知道多少呢，还是暂时先这样吧，最多以后翻墙的时候再小心一点。

牧野歌那个一根筋的人，依然对我很好的样子。即使我多次表示只是同学，他也总是一脸无辜地回答的确是同学啊，我也不好每次都冷眼相对，就任由他对我示好了。我想我现在真正担心的人应该是熏怡然吧，成年的我就吃了她的大亏，现在不能重蹈覆辙啊！

第六章 06

纠结的关系啊

（一）

我最近的心情很好，学习效率也很高，不知不觉一个学期都快过完了。

“沙希子，课后到我办公室来一下。”班主任任老师上课的时候，突然来了这么一句，让我的心一跳。

我最怕的是我去圣约翰的事传到班主任的耳朵里，或者是牧野歌最近对我的追求，要知道早恋可是很大的罪啊，我在心里打着草稿，想着怎么应付。

“你很紧张吗？”熏怡然突然小声来了一句。

“没紧张啊。”我装作很淡定地说，“我是学习委员，临近期末了，老师找我有事也应该啊。”

“是啊，我也觉得你最近好像有事的样子。”熏怡然微微一笑，眼睛明亮亮的。

下课之后，我忐忑不安地朝着办公室走去，隔着办公室的门就看到任老师正在喝茶，我敲了敲门走了进去。

任老师看到我进来，轻轻咳嗽了声，正襟危坐起来。

“任老师，找我有什么事啊？”我尽量平静地问。

“你之前提交了一份转学申请，现在批下来了，这次期末考试成绩就是评定，如果能达到那边的要求就可以转过去了。”任老师看着我说。

我既惊讶又开心，没想到会是这件事，不禁松了口气，一时喜形于色。

“这么开心啊，这么不想待在瑟约啊？”任老师脸一绷，原本的笑容变成了一脸严肃。

我立刻收住了笑容摇头：“没有没有，在瑟约的学习生活很开心，多谢任老师的照顾，和同学们的相处也很愉快，虽然时间短暂，但是我永远也不会忘记这段时光的！”

“什么时候变得这么会说话了，跟小大人一样。我从开学第一天就觉

得你跟那些学生不一样，所以对你也算比较上心，瑟约的确不错，但人往高处走，圣约翰不得不说是更好的地方，自然学习竞争也更加激烈，你要是真能转过去就更要刻苦努力，不能给母校丢脸。”任老师很认真地看着我说。

我不住点头，心里也是感慨万千，曾经我在这里上了三年学，任老师不算多喜欢我，虽然考试还没开始，但我还是忍不住鼻子发酸：“我知道，我会继续好好加油学习的，任老师也要多注意休息，注意身体。”

“行了，回去好好准备吧。”任老师冲着我微微一笑，摆手让我出去。

我回到教室里坐好，手不禁握成拳头，决战的时刻就要到了啊，圣约翰，等着我！

“老师叫你去有什么事啊？”熏怡然小声地问我。

“没什么啊，就交代了下最近学习的事，快期末考试了嘛。”我轻描淡写地说。

“学习委员就是好啊，什么都能让老师特别交代。”熏怡然的话酸酸的。

我想她是因为牧野歌的事情吧，想到牧野歌，我心里还是有点不痛快，想直接问熏怡然又觉得不妥当，索性也就不提这件事了。

“老师挺一视同仁的啊，哪有什么特别交代，你要是喜欢我把学习委员的位子让给你也行啊。”

“别别，我可不想多事，也不想多见老师。”熏怡然连连摇头，然后就不再理我了。

我也乐得不理她，好好听课学习，这次可一定不能出什么岔子啊！于是，我又开始了勤学苦练模式，从早到晚都在题海中度过，连中午去找安逸轩的时候都带着书本。他在操场上打球，我就在一边背书，时不时看他两眼，注意力还是全在书上。

安逸轩今天穿着一件白色无袖运动服，露出手臂上的肌肉，那身白运动服将他的皮肤映衬得更白，怎么会有那么白的男生呢？我在心中腹诽，又看了看自己的，好像没他白啊！球传到他的手里，他抱着球左躲右避来了个三分投球，动作帅气得像灌篮高手里的流川枫，果然周围女生们又是一片尖叫，他很潇洒地甩了甩头发，眼光向我瞥了一下，我立刻微笑回应，安逸轩就继续耍帅打球。

他在场中努力打球，我就在场下努力背书，反正有那么多女生为他尖叫，也不缺我一个吧！努力背书的我自然有点忽略场中的安逸轩，所以他打完球我也没有上前送水送毛巾，他自己拿毛巾擦了擦汗，又拿了水朝着我走过来。

“那个女生是谁啊？最近好像经常看到她？”

“不知道，好像之前没见过，安逸轩是走去找她的吗？”

“不会吧，娃娃头搓衣板，长成这样安逸轩会喜欢她？”

“啊啊啊，安逸轩真的向着她走过去了！”

“那是你们胆子太小，都不敢主动，你们忘记了之前安逸轩把她骂得狗血淋头的场面？”

“啊啊，什么时候啊？”

“她就是天天粘着安逸轩，太讨厌了，太低级了。”

周围女生窃窃私语的声音并不低，我抬起看书看得有点晕的头，就看到高大帅气的安逸轩一步步向我走过来，脸上有点抱怨的表情。

我眨了眨眼睛，周围的眼光好像一把把利剑射向我，如果眼光可以杀我，我已经被那些吃瓜群众们万箭穿心了吧。

“你看什么呢，那么专注？”安逸轩站在我面前，伸手在我头上轻轻打了一下。

我抬起头看着刺眼阳光下的安逸轩，只觉得好像漫画书中走出的王子，我微微眯了眯眼，低下头拿起课本说：“我在背书啊。”

“最近这么勤奋？连中午都要背书？”安逸轩不解地问。

“是啊，快考试了嘛，我不想落人之后啊。”我将东西收拾好站起来说，还是不要先告诉他这次考试的成绩会决定我是否能进圣约翰吧，等我下学期转过来再给他个惊喜不是更好？

如果下学期一开学，他就在教室看到我，那是一幅怎样的画面呢？他会惊喜还是会冷冷看我一眼，会主动和我做同桌吗？哪怕不在一个班，他知道我在圣约翰读书一定会觉得很惊讶吧，以后我们就可以光明正大地在一起了！哼哼，我在心里对着刚才窃窃私语的女生们翻白眼，到时候就没你们什么事了！

“你想什么呢？”安逸轩看着我问，眼神有点迷茫，“不是学习学傻了吧？”

“没有没有，想到一道考题而已，我们去吃东西啊。”我赶紧收起自己的幻想，拉着他去吃午餐。

吃完饭，安逸轩并没有急着送我离开，而是让我等着他。他跑回教室拿了一本手写的练习题册给我，表情还是一如既往地嚣张：“我没事的时候整理的，也许对你有帮助，你拿去用吧。”

“哇，好详细啊，谢谢。”我接过A4纸制作的习题册，满心甜蜜欢喜，能一道题一道题整理写出来给我，又怎么会是无聊时候写的，分明是特意做给我的啊。

“就会傻笑，好好准备考试。”安逸轩冲我翻了个白眼。

“知道啦。谢谢你！”我将习题册细心收好，然后爬墙回学校。

自从牧野歌跟我说过翻墙的事后，我每次翻墙都小心翼翼的，唯恐被人看到，而且都是绕一个圈才回学校，不让人感觉我是从圣约翰出来的。

下午的时候，我正在看书，突然感觉到书包有点震动，我小心掏出手

机一看，是一条陌生短信，上面很嚣张地写着：请离安逸轩远一点，你们是不可能在一起的，因为我才是安逸轩喜欢的类型，我和安逸轩相处得会很愉快，你应该有自知之明。

我握着手机的手有点发紧，高中时代的安逸轩一直不缺少女生喜欢，也是一直有女朋友的，我莫名感觉紧张，是他的某一个女朋友要出现了吗？按照命运既定的轨迹，该出现的人一定会出现的吧，但是安逸轩，安逸轩现在不应该是喜欢我吗？我将手机重新放回书包，走出教室呼吸了下室外新鲜的空气。

“居然发这种短信给我，高中的小女生们啊，真是不矜持，一点不会掩饰自己。”我趴在栏杆上喃喃自语，心里有一点惆怅，即使现在安逸轩对我有好感，但是注定的事情真的可以改变吗？我又想起了一个阴影似的女生，她……还会是我的噩梦吗？

“咦，你在说什么啊？还高中的小女生，你不也是高中的小女生吗？”牧野歌在我身后轻声笑着说。

我吓了一跳，回头瞪他一眼：“怎么突然躲在我背后偷听我讲话，想吓死我啊！”我拍了拍胸口，又有种松口气的感觉，牧野歌不就是喜欢上我了吗？10年前可不是这样啊，既然牧野歌都可以不喜欢熏怡然了，那安逸轩应该也不会喜欢上别人吧？

“我刚想跟你打招呼啊，怎么了？有人欺负你吗？”牧野歌皱了皱眉头，一脸无辜表情，趴在我旁边的栏杆上。

（二）

我不太想讲话，安静地趴在栏杆上看着下面来来往往的学生们，即使穿着校服也觉得很漂亮，脸上都是满满的胶原蛋白，不像10年后，人人一个模子印出来的，那时候的学生也比现在复杂多了。想到这里，我不禁捧着脸说："年轻真好啊。"

"怎么说得自己很老一样，你才高一呀。"牧野歌笑着说，阳光下他的侧脸美得很妖孽，如果没长残的话，真的可以往娱乐圈发展啊。

"你不懂啦，有时候不能光看外表啊，外表年轻，内心成熟不可以吗？"我嘛嘴反驳道，我的灵魂可是26岁的大人，用大人的眼光看这一切当然别有滋味。

牧野歌有点听不懂的样子，却依然顺着我的话说："好好，你说什么都对，不过我觉得很多事都没必要想太多啊，我们还小，干吗那么多负担。"

"是啊，想那么多干吗，反正我们还小，反正时间还很多。"我重复着他的话，心里的愁绪消散了一些，我已经遇到了安逸轩，我已经回到了

16岁，时间还有那么多，我害怕什么呢？

“你们什么时候这么聊得来了？”刚上完卫生间的熏怡然在回教室的路上看到我和牧野歌，脸上的笑容有点僵硬，语气也很不开心，走过来插了一句话。

牧野歌随即笑嘻嘻说：“我们一直聊得来啊，要不要一起聊聊。”

“我回教室了。”熏怡然没什么兴趣的表情，转身进了教室。

“我也回去了，快上课了。”我跟在熏怡然的后面也进了教室。

“放学一起走吧！”牧野歌在我身后说。

“再说吧。”我随便应付地说，放学之后我可是要回家的啊，而且真跟他一起回家，同学们之间还不知道要传成什么样呢。

晚上放学的时候，我正收拾好书包准备离开，牧野歌就出现在我教室的门口，我看到他就觉得头大。

“你不回家吗？”我走到教室门口看着他问。

“回啊，我路过你教室看你也要走，一起走吧。”牧野歌笑着说。

我无奈地摇了摇头，背起书包跟他一起往校园外走，熏怡然那么巧也走了出来，跟我们保持着不远不近的距离，真是让我感觉尴尬。

才走出校园门，我就惊呆了。安逸轩长身玉立站在校园外，如墨玉一般的眼睛在来往人群中搜寻着我，看到我的时候眼神突然一亮，脸上露出一丝微笑，可是那笑容很快就冻结了，因为他看到了我身边的牧野歌。

“哇，那是圣约翰学校的校草安逸轩呀，他来我们学校干吗啊？”

“你们女生就是没眼光，他那样也算帅啊。”

“好帅啊，他在我们学校有熟人吗？”

“啊啊，那个女生是不是叫什么沙希子的，安逸轩好像在看她啊，她身边还跟着牧野歌，是不是有好戏看了？”

我听了同学们的窃窃私语真是一头冷汗，而安逸轩却一脸泰然自若的表情盯着我，似乎在等我走过去。

我立刻转头对牧野歌说：“我有朋友来找我了，我们分开走吧。”

“反正顺路，一起吧。”牧野歌似乎完全没懂我的话，依然要跟着我。

我咬了咬嘴唇，朝着安逸轩走过去：“嗨，好巧啊。”

“不是巧，我是来等你一起回家的。”安逸轩轻飘飘说了一句，同时挑眉看了看我身边的牧野歌。

“啊，那就一起走吧，这是我同学牧野歌。那个，我要回家了，再见了。”我不想让安逸轩有什么误会，继续跟牧野歌道别，可是牧野歌完全没有要离开的意思。

“这么巧，我今天也是往那个方向走，一起吧。”一直在我们身后的熏怡然也突然冒出来说。

“是吗？那我们四个人一起走吧，路上也有个伴。”牧野歌笑嘻嘻地

说。

我只觉得额头滑下无数黑线。安逸轩依旧面无表情，迈开腿率先走了，我赶紧跟上他的脚步，牧野歌和熏怡然也跟我们一起走了。

一路上安逸轩都不理我，也没有任何表情，我暗暗哀号这次一定死定了，安逸轩一定很生气，他生气的时候就经常这样面无表情。可是现在看似乎比以前还要生气啊，青春期的男生啊，脾气真是难以捉摸，他会误会我和牧野歌吗？

想到以前他生气时都会气呼呼瞪着我，等着我开口道歉求饶，有时候我故意不理他，他就会主动找我和解。好像有一次也是我惹他生气，他就站在我家楼下等我回家，然后冷着一张脸看着我问我有什么解释。

“我错了，你不要生气嘛，生气都不帅了，我做好吃的给你吃好不好？”我眼角眉梢都是清浅笑意，他生气也是因为在乎我啊。

“你还笑，哼，我是真的生气了。”安逸轩抱着胸瞪着我，脸上的小酒窝若隐若现。

连生气都自带萌点，我身子一软就朝他怀里扑过去，不管不顾地撒娇道歉：“你原谅我嘛，我心里你才是最重要的啊。”

“你走开，谁要抱你。”安逸轩一脸嫌弃地说，却并没有推开我。

我就使劲赖在他怀里：“你不要生气嘛，再生气我就要哭了。”

“拿你没办法，以后不许和企图追你的人走太近。”安逸轩揉了揉我的头发。

我心里一片甜蜜，将他抱得更紧。

“这地方有个卖混沌的特别好吃，下次路过的时候可以一起去吃。”牧野歌看着我指着一家小混沌店说。

“口味也就一般，你想吃可以和怡然去啊。”我没什么兴趣地回答。

“混沌啊，我也不是太喜欢，我喜欢吃米线。”熏怡然吐了吐舌头。

牧野歌摸了摸头发傻傻笑着，继续没话找话：“你每天放学都自己走回家啊，不觉得远吗？”

“当锻炼身体了，不想走还可以骑自行车啊，不过我喜欢走路。”我漫不经心地说，回家的这条路走一次少一次，我想多体验体验啊！这街道，很快就会面临拆迁了，我再也见不到这些大树和熟悉的店铺了。

“快期末考试了，最近感觉压力好大啊，牧野歌你成绩这么好，肯定很轻松吧。”熏怡然走在牧野歌的旁边跟他说话。

“哪轻松啊，也是一样天天学习看书做习题，我也不是特聪明的人啊，都是靠努力而已。”牧野歌很诚实地说，这点倒是很好，不像其他人，明明学到半夜三更还跟人家说自己从来不学习。

只是这样的场景，让我想起以前，以前都是牧野歌和熏怡然说话，我时不时插上两句。这样的一段回家路，当年也走过的啊，只是完全不是如今的感觉。

那个时候是熏怡然和牧野歌一起回家，但是两个人又觉得不好意思，硬拉着我一起。虽然我们几个也可以同行，但就是绕了点路，我那时候就是电灯泡，背着书包跟在他们身后看他们说话，心里总是觉得很没意思，满满都是心酸。

此刻，我们三个有一搭没一搭地聊天，只有安逸轩默不作声地走在前面。

“今天放学很早啊。”我走到安逸轩旁边没话找话说。

安逸轩一副不想理我的样子，只是冷淡地点了点头。我心里冒冷汗，他已经很久没对我这么冷淡了啊。不过我转念一想又有点开心，他如果吃醋了，就证明他是真的喜欢我啊！我偷偷看着安逸轩的表情，虽然冷着一张脸，表情很僵硬，还带一点不耐烦的感觉，依然很帅很迷人啊！我低下头微微咬着嘴唇，露出一抹浅笑，心中又好像吃了蜜似的。

（三）

牧野歌突然轻轻叹了口气，我白了他一眼想你还叹气，非要跟着人家，弄得都没办法好好说话。我不停地想该怎么甩了他们，眼看都快走到我家了，难道安逸轩好不容易来接我放学，就这样不说话就离开吗？不要啊！

“我快要到家了啊，怡然你家不应该往右走吗？那个，牧野歌，你是不是也该换方向了啊？”我停在岔路口说。

“那……”牧野歌看了看安逸轩，表情有点纠结。

安逸轩没有说话，只是朝着我家的方向站着，似乎无言地表现要送我回家的意思，我也就站在一边看着牧野歌和熏怡然，气氛一时间有点尴尬。

最后还是熏怡然打破了僵局，率先开口说：“这么说我就先走了，牧野歌，我们一起吗？”

牧野歌看了我一眼，表情有点不情愿，可最后还是无奈地说：“那我们先走了，你路上小心。”

我猛点头，心里想你们可快点走吧，看着他们两个慢吞吞走开，我才终于松了口气，笑呵呵看着安逸轩问：“你要送我回家啊？”

安逸轩瞪了我一眼，继续无言地往前走，我赶紧小跑着跟上去。

安逸轩走在前面，背影被夕阳拉得很长，我忍不住去踩他的影子玩，反正他不理我，他的影子向左我就踩到左边，向右我就踩到右边。

安逸轩突然回头看我一眼，就看到我在左蹦右跳的模样，他白了我一眼，表情有种嫌弃的样子，嘴角却似乎带着一缕笑，小酒窝轻轻动了动。

我朝着他扮了个鬼脸，按照以前，如果他喜欢我，那我犯错基本只要

撒娇卖萌，使劲哄他高兴就可以了。

安逸轩转过脸继续往前走，并没有开口理我，我讨了个没趣，挑了挑眉毛跟在他的身后，绞尽脑汁地想怎么跟他说话他才会理我。

眼看着就快走到我家了，我一边走一边盯着他的脸看，那张轮廓好看的脸啊，那双黑曜石般的眸子，还有高挑的鼻子和淡粉的唇，我光顾着看他差点撞到电线杆都没注意，还是安逸轩一把拉住我往旁边拖了一下。

“你盯着我看干吗？都不看路！”安逸轩气呼呼地说，“哪有女生这么盯着人看的，人家都是小心翼翼观察，真不知道该说你心大还是什么。”

“你帅我才会想要盯着你看啊，你不帅我才不看你呢。”我笑嘻嘻冒出一句话。

“难道你就是因为我帅才跟着我的吗？”安逸轩瞪大眼睛，一副不可思议的模样。

我赶紧摇头：“我是那么肤浅的人吗？我可是要求很高的啊，牧野歌也很帅啊，我就不喜欢他。”

安逸轩眨了眨眼睛，抱着胸看我问：“牧野歌？他挺喜欢你啊？”

“那也不是，我们就是同学啊。”我有些心虚地回答。

“同学啊，同学会送你回家啊。”安逸轩拖长了时间问。

“天地良心，我和他真没什么啊，他当时找我帮忙追熏怡然的呢，就是刚才和我们一起走的女生。”

“那眼光不错。”安逸轩故意说。

“哼，那你也追她去啊。”我气呼呼说。

“继续说，然后呢，他移情别恋了？”安逸轩一副好整以暇，继续听我说的样子。

我翻了个白眼：“后来不知道怎么回事，他就对我比较好了啊，但是我很义正言辞拒绝了他的，只是同学而已，我目标那么远大是吧。”

“说得跟自己很高尚似的。”安逸轩轻轻撇嘴，“真是不让人省心的家伙。”

“我很让人省心啊，我这么乖巧听话。”我笑成一朵花的模样说。

“你这样算是装可爱吗？”

“我这是卖萌好不好！”我快要吐血了，虽然10年前并没有卖萌这个词，但是也不能说我装可爱吧，我是真的很可爱啊。

安逸轩瞪大眼睛看我：“什么是卖萌？和装可爱有区别吗？”他特别一本正经地问，反而让我大笑起来，“你笑起来还挺可爱的啊。”他突然挑眉说道。

我点头，很大言不惭地说：“我本来就很可爱。”说完又盯着安逸轩看。

“看什么看啊？”安逸轩摸了摸自己的脸。

“没什么啊，就觉得你有点不一样。”我低下头看着脚下的水泥地，很多事情都发生了变化，10年之前的很多事很多人，都在变化着。

“你胡思乱想什么呢？”安逸轩不解地问，“我哪有什么不一样啊？”

“没什么啦，也许是我乱想啦。我快到家了，你要怎么回家？”我突然反应过来，他家离我家还挺远的啊。

“我坐车，有公交车。真是，难得想送你回家一次，还要被人跟着。”安逸轩有点小小抱怨地说。

“那改天吧，还有啊，下次想送我回家可以早点说啊，这么突然惊喜会吓着人的。”我噘嘴说。

“那你还不是每次都突然来找我，也很突然啊，也会吓到我啊！”安逸轩反驳。

“好啦好啦，说真的，最近要忙着备考，我可能不那么固定去看你了，有时间我再去。”我转回到正事上。

安逸轩点了点头：“学习重要，不过，你可得知道自己不能被别人分心，有时间来找我，不懂的可以问我。”

“你放心好啦，我在学校一向很乖。”我笑嘻嘻保证，心里想着我很快就要给你一个大大的惊喜了！

我和安逸轩在家门口道别，看着他走向车站，我心里还真的是有一点异样的感觉。

（四）

我的学习模式从努力学习升级到备战状态，每天跟题海奋斗的我恍如高考一般。我给自己制定了严格的时间表，从放学开始做题，做完题背课文，早上背英语，每天基本都只睡四五个小时。学到最后自己有点精神恍惚，人也瘦了一大圈，把我爸妈吓坏了，天天鸡汤鱼汤之类的给我炖了让我补身体，我就努力地吃吃吃，安逸轩那边也尽可能不去了，中午那点可怜的时间我用来补觉。

“希子，你最近实在太累了吧，不就是个期末考试，你至于这么认真吗？”牧野歌看到我昏昏欲睡的模样，忍不住心疼地说。

我眨了眨眼睛看着他：“我真的很困，有什么事能尽快说吗？下午上课又没时间了。”

“这是我爸妈从国外带来的咖啡，提神效果很好的，送给你。”牧野歌掏出一大罐子速溶咖啡递给我。

我连忙摆手：“不用不用，你留着自己喝吧，我家也有很多咖啡啊。”无功不受禄，我可不想欠牧野歌什么人情，何况咖啡这东西，我总

感觉自己免疫了。

牧野歌很坚持地将咖啡递到我面前，脸上的表情很倔强："我喝不惯咖啡啊，说了送给你嘛，你不喜欢也可以送给别人。"

校园里人来人往，难免就有人往这边看，不时又有点窃窃私语的声音传过来。

"那是牧野歌吧，好帅啊，他对面的女生是谁啊？"

"那个女生是不是和安逸轩很熟，怎么和牧野歌也很熟啊，嘿嘿……"

"他们在干吗啊？也不怕老师看到。"

"我们光明正大的，怕什么老师啊？"我忍不住大声吼道，"我们就是朋友而已啊，还不许男女生说个话啊！"

"希子，你别生气，是我不好！"牧野歌的脸顿时红了，拿着咖啡的手停在半空中很是尴尬。

我叹了口气，接过咖啡说："那我谢谢你的好意，但是我们真的不可能的。其实怡然这个人挺好的，我不想有其他误会谣言传出来，你也明白，我们还小，如果有太多流言蜚语，对我们学业也是个影响啊！如果你真想追我，我们上了大学再说吧，还有这些东西，其实都是父母的钱，你今天这么诚心诚意送给我，我就接受了，但是可不许再送其他的了。"

"希子，我明白你的意思，我越接触你，越觉得你和其他女生不一样。你放心吧，你这么努力学习，我肯定不会输给你的！我们大学肯定会在一起！”牧野歌好像充满了自信。

看着他充满自信和希望的模样，我摇了摇头，想继续说些什么，可是终究忍住了，如果这个目标能让他考上更好的大学，也未尝不是件好事。

我拿着咖啡回到教室，果然有不少同学好奇地朝我张望，幸好我下学期就要转走，流言蜚语再多都和我无关了。

“牧野歌送的吧，全英文呢。”熏怡然瞧着咖啡盒子笑着说，她的眼睛水汪汪的，好像隐藏了很多情绪。

我将咖啡递到她的位子上说：“你拿去喝吧，我也不怎么喝咖啡的。”

“这多不好，人家的心意，你转手就送人了，太伤人心了吧。”熏怡然定定地看着我，语气里有一丝愤怒。

我愣了一下，熏怡然以前也不算多喜欢牧野歌啊，大学时候还说过如果有更好的人选就立刻踢了牧野歌，怎么现在看来倒有点喜欢了呢？也许得不到的才是最好的吧，如果牧野歌按照以往的发展继续追求她，估计她就不会是这样了。

“那我放学校里，我们一起喝可以了吧。”我说着拆开包装泡了一杯，香浓的咖啡香飘满了教室，吸引了不少同学的鼻子。

“哇，好香啊，咖啡呢。”我前面的方方忍不住赞叹。

“拿一点尝尝吧，我一个人，哪里喝得完这么多咖啡啊！”我连忙将咖啡拿出来，分给想喝的同学们。

“希子好大方啊，谢谢希子。”同学们纷纷围拢过来。

我只是笑呵呵看着大家分咖啡，对于那些真心感谢或者酸酸的话语不置一词，再怎么好或者不好也就真的只是三年相处而已，毕业之后几乎都见不到，偶尔参加个聚会就会发现很多物是人非的事情，也许经历过，自然就看淡了很多。

不过牧野歌对我的追求也惊动了老师们，任老师还找了我聊天。

“老师，我发誓，我和牧野歌同学绝对没什么，我学业为重，绝对不想早恋，其实这件事也很困扰我。”我很坚定地看着任老师说，“我不想伤害同学，但是实在没有更好的处理办法。”

任老师挑了挑她细长的柳叶眉：“我知道你的意思，也暗中调查过，的确是你一直拒绝的他，本来这件事学校是绝对不允许的，但是看在你们两个学习成绩都不错，而且的确也没什么出格的事，也就当不知道了。不过该保持距离就保持距离，我不想别人说我们班的女生怎么怎么样，至于牧野歌他们班，我也跟他们班主任谈了，尽量不让他再骚扰你。”

“那个，任老师，我们正处于情窦初开的年纪，有好感也是正常的，牧野歌也没怎么骚扰到我。您看，能不能不要教训他啊。”我并不想牧野歌因为我受罚，而且我了解这个年纪的叛逆，你越不让他做什么他越想做什么，牧野歌成绩那么好，如果因为我这件事一耽误，颓废下去，我不是害了他吗？

“你还挺为别人想啊，什么情窦初开都出来了，你知道豆蔻是多大年纪吗？也不害臊，好了，我们老师都知道分寸的，你好好学习就可以了。”任老师被我的话逗笑了。

老师谈过之后的确见效不少，牧野歌不怎么来我们班级晃荡了，也不经常找我了，让我松了口气，继续自己的学习。

自从安逸轩来接我放学之后，我总是会在放学的时候小小期待一下，不知道他还会不会突然地出现。不过遗憾的是，他再也没有主动出现过，让我有了一点点不开心。但是我总是克制着找他的欲望，我还有很多的习题要做，很多的单词课文要背，我不想在考试的时候出差错，暂时忍耐一下吧！

我这样刻苦的生活也让铃铛好奇不已，晚上刚做完一本练习题，铃铛的短信就来了：“亲爱的，还在学习？”

我揉了揉发昏的脑袋，慢慢打字回：“是啊，刚做完英语试卷，休息下再做语文的。”

“啧啧啧，这么辛苦，也不怕累着你自己啊。”

“还好还好，革命尚未成功嘛。”我苦笑了一下，只怕这一切都只是个开头，真的进了圣约翰，学习也不会轻松到哪儿去。只是，那时候再苦

再累都有安逸轩陪着我了。

“你最近也没来陪安逸轩打球了，每天都有好多小妹妹围着他哦。”

“他就是个吸引人的啊，没办法。”看到这句话我有点不开心，我这么辛苦学习，他却有那么多女生围着追。

“你不怕他被别人追走了啊？最近可是有不少女生跃跃欲试呢，还有人已经表白了哦。”

什么？有人表白了？我立刻清醒了：“表白？安逸轩什么态度？”

“呵呵，别激动，自然是拒绝了，人家都说安逸轩是冰山王子呢，放心好啦。”

“我最近会去的，你可不许告诉安逸轩，不然哼哼……我饶不了你！”我警告加威胁似的说。

“明白，明白，你是要突击检查吧。”

不用看我都知道铃铛在那边笑得肯定很欢快，突击检查？这个词用得好，我也要看看，没有我在的时间里，安逸轩到底有没有招惹其他女生！

第七章

07

情敌情敌！

（一）

有的事不想还好，想了就百爪挠心一般。我写着写着习题，脑子就飞到安逸轩那边去了。看了看时间，已经接近11点，不知道他睡了没有？我咬着笔杆发着呆，这样恍惚的时刻，真觉得一切好像一场梦，会不会哪天我梦醒了，会发现自己在医院里，而安逸轩……他已经离我很远很远了。

“安逸轩，你为什么不理我啊？”我看着连正眼都不瞧我的安逸轩问，此时的安逸轩又成了大人模样，穿着黑色的西装，打着灰色的领带，头发用发胶梳得一丝不苟，脸上的表情很冷漠。

“沙希子，我们已经分手很久了，你别纠缠我了。”安逸轩一点都不想看到我的感觉，语气生硬冰冷。

“分手？我们为什么会分手？我们不要分手好不好？”我的眼泪一下子就涌了出来，忍不住一把抓住安逸轩的手臂。

安逸轩甩开了我的手，站在距离我很远的地方，表情严肃而疏离：“我就快要结婚了，你能不能清醒一点？”

“结婚？和谁结婚？为什么？你不是很爱我吗？”我有点歇斯底里地吼道。

“我最爱的人，当然不是你了。”安逸轩的嘴角溢出一抹冷笑，嘲讽的冷笑，笑声越来越大，几乎震碎了我的耳膜。

“不！不要！”我大喊一声，头重重撞到了桌子，我一下清醒过来。明亮的节能型护眼台灯，小巧的写字台，摊开的英语习题册上有湿湿的泪痕，我摸了摸自己的脸，脸上都是泪水和冷汗。我看了看四周，没错，刚才是一场梦境，我还是16岁，我松了一口气，拿出纸巾擦了擦眼睛，突然又想到了庄周梦蝶的故事，是庄周梦到了蝴蝶，还是蝴蝶梦到了庄周？是不是很像现在的我，很怕哪一天醒来发现自己回到26岁。

“还没睡？”手机短信突然蹦出一条信息，竟然是安逸轩的！

我激动地捧着手机：“没，刚做完英语习题，还有语文没做。”我打字的手都几乎是颤抖的。

“早点休息吧，习题是做不完的，期末考而已，不用太紧张。晚安。”安逸轩的话让我的心中发暖，那点睡意都没有了。

“晚安。”我还是回了简单的两个字，不想多说什么让他担心，安逸轩，为了你，我所有的辛苦都是值得的！

就这样又学习了几天，虽然我心比较大，最近学习也很忙，但是铃铛的话还是让我有那么一丢丢不舒服，所以我还是挑了一天中午翻墙去了圣约翰，不知道安逸轩看到我会是什么反应？很开心很惊讶？我喜滋滋想着。

我刚跳下来，正准备去操场，就听到一个声音清脆娇柔的女生说：“安逸轩，我喜欢你！”我顿时停下了脚步，安逸轩？我喜欢你？我在心里重复着这几个字，这是在表白吗？

我气呼呼朝着声音发出地走过去，在不远处一棵大树下，安逸轩正和一个女生面对面站着。那个女生身材高挑，远望去和安逸轩差不多高，瓜子一样的脸上梳着齐刘海儿，大大的眼睛好像宝石般流光溢彩，她穿着白色的校服裙，露出两条细长的腿。我咬了咬牙，心里开始回忆安逸轩给我坦白过的高中女友……好像还真有一个类似的！

“安逸轩，从第一眼看到你我就喜欢你了，我长这么大，还是第一次跟男生表白，我知道你值得，我也觉得自己完全配得上你！”那个女生漂亮的脸蛋上写满了自信。

“雅伊，她就是雅伊！安逸轩曾经交往过的女朋友之一！”我握紧了拳头，安逸轩曾经说过他高一的时候交往过一个个子几乎跟他一般高的女生，还长得很漂亮，脸蛋特别精致，身材还很棒，可不就是眼前的高挑少女嘛！我只恍惚记得她的名字好像是雅伊，绝对不能让他们继续下去！这么一想，我咬了咬牙，故意大喊着："老鼠啊，有老鼠！"

"啊，老鼠，哪里有老鼠？"那个女生明显被我吓了一跳，先是惊叫了一下，然后很惊恐地瞪着我看。

"看什么啊，我刚才看到一只很大的老鼠，'嗖'地跑到你身边就不见了。"我眨了眨眼睛，一脸认真地说。

"你胡说什么啊，哪有什么老鼠，安逸轩，我们不要理她。"那个女生很快反应过来，直接看着安逸轩说。

"呵呵，你眼神不好吧，安逸轩，你看到老鼠了吗？"我瞪着安逸轩问。

安逸轩有点吃惊地看着我，一时说不出话来。

"哪里来的人，偷听人家讲话。"那女生更生气了。

"这地方是你私人的啊？还不许我路过吗？"我嘟着嘴说。

"安逸轩，你认识她吗？"那女孩气呼呼瞪着安逸轩问。

"你啊你，个子那么小巧，什么时候来的我都没发现。"安逸轩看了我一眼，语气满满的无奈。

"我个子小巧？你不如直接说我矮小了？看不到我是吧，当然啦，我又没有大长腿。"我一下子爆发了，眼睛都忍不住红了。

"雅伊，你先回去吧，她是我朋友，不好意思，我朋友有点任性。"安逸轩语气很温柔地对她说。

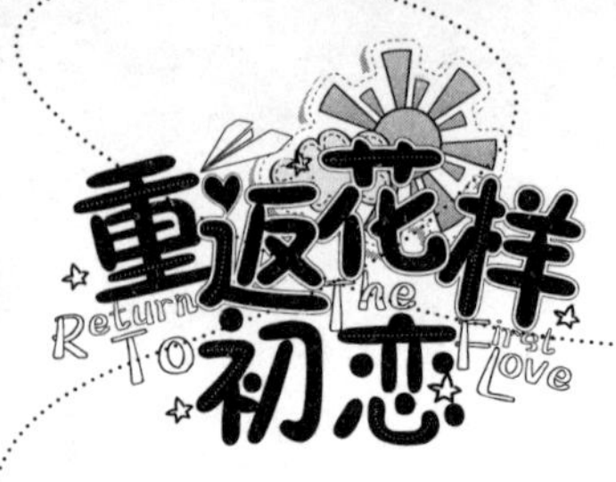

雅伊白了我一眼，转身走了，我就更生气了，瞪着安逸轩，似乎有千万句话想说想问，却又一句话说不出来。

安逸轩有点茫然地看着我说："你这是怎么了？你怎么突然来了，也不跟我说一声啊？最近学习还是很忙吗？"

"哼，你当然不希望我来了，打扰到你了是不是？我走可以了吧！"我转身就要离开。

安逸轩一把拉住了我，他的手很用力，语气有点生气："你这是干吗？谁让你走了？你怎么突然这么无理取闹啊！"

"我是无理取闹，学习那么忙还要抽时间来看你，还要打扰你和别人约会。"我转过身气呼呼瞪着安逸轩。

"什么约会啊，她说找我有事情我才出来的，我们才刚聊啊！"安逸轩的表情很无辜。

"那也是打扰啊，我晚来一步说不定就……"我咬住了嘴唇，说不下去了，觉得心好痛，眼泪又开始打转。

安逸轩叹了口气："真不知道你们女生怎么想的，那么复杂，你晚来一步也不会发生什么的，不要胡思乱想好不好？"他的语气软了下去。

我嘟了嘟嘴，还是很多不满意，只是低着头看着地上杂乱的小草。

"你都好久没来玩了，还闹别扭吗？我要去打球了，你陪我去吧。"安逸轩拉了拉我的手臂问。

我瘪着嘴点了点头："去啊，当然去。"不去不是又给其他女生制造机会！

“你能不能笑一笑啊，这样很丑的。”安逸轩挑了挑眉，有点嫌弃地说。

“你嫌弃我丑啊，那我不去了，我回学校了。”我站在原地不肯动，心里似乎憋着一团火，总是想发作出来。

安逸轩拍了下我的头，语气有点凶狠：“再敢说不去？不许闹别扭，快跟我去打球，还要帮我拿水拿毛巾呢。”说完就拖着我的手臂走。

我一边生着气，一边跟着他往操场走去，大中午的阳光正强烈，安逸轩让我留在操场边休息，自己走向操场中麻利地换了件运动上衣，又惹得女生们一片尖叫。

（二）

安逸轩上了球场似乎就变成了另外一个人，充满了热情与激情，他在篮球场中跑着抢着球，然后在众人的注视中潇洒投球，就好像一个出色的篮球明星，让我想到了乔丹，想到了林书豪，想到了好多打篮球的名人们，篮球在他的手中就好像有了生命一般，他很自然地成了跟队长差不多的角色。

“好帅啊！安逸轩加油！”女生们的尖叫不时响起来，几乎都是冲着

安逸轩的。

其实打篮球的男生们还都长得不赖，个子都是又高又壮的，如果不是有安逸轩，他们也足以吸引很多女生们的目光啊，无奈安逸轩太耀眼了，真是好奇这样的人会有朋友吗？

我的眼光在场上和场下飘着，思绪也在翻飞中。突然，我又看到了那个熟悉的身影，高挑的身材，漂亮的脸蛋，齐刘海儿下仿佛会闪光的眼睛，雅伊，哼，她又跑来了！可是，篮球场又不是我一个人的，安逸轩也不是我一个人的啊，她们想要看我有什么权力阻止？

我用眼角的余光打量着远处的雅伊，瓜子脸让她别有一种精致妩媚的美，齐刘海儿、黑长直的头发让她宛如漫画书中走出来的女主角一样。尤其那双又长又直的腿，估计会让不少男生喷鼻血吧！高中时期的雅伊真的是漂亮又精致，就像校园里一道靓丽的风景线，肯定不乏追求者，但是她偏偏喜欢上安逸轩，那么优秀的安逸轩啊！

我的心里突然一片黯然，雅伊和安逸轩站在一起真的很般配啊，俊男美女的组合向来养眼得很。当年的安逸轩会和雅伊在一起，也是因为雅伊的吸引力吧，那么现在呢？该发生的一切我能阻止吗？安逸轩会不会还是喜欢上了雅伊呢？他们两个人，会不会依然按照命运的轨迹走下去，然后在一起开始一段恋情。

我想当年安逸轩提起雅伊的表情，分明是很享受的啊！

“我高一时候谈的女朋友才是身材好呢，跟女明星差不多，虽然我们只在一起几个月就分了，但是现在想起来还是觉得很满足啊。”安逸轩正在跟朋友闲聊，却被有心的我听到了。

安逸轩的朋友们都嘻嘻笑着看向安逸轩，一副看好戏的表情。

安逸轩立马笑嘻嘻求饶似的看着我说：“还是我家希子最漂亮了啊，我最喜欢的就是沙希子了，那些都是前尘往事了，我自己都记不清了呢。”

“我知道我知道，那个女生好像叫雅伊吧，很温柔的名字呢，所谓伊人，在水一方啊，你小子当年怎么追上人家的啊！”人都难免有几个损友，安逸轩也不例外，他的损友们此刻就起哄着让他说。

我也一副要听的样子说：“那就好好说，我也想听听呢，哪家的姑娘不开眼看上你了。”

“我是会追人的人吗？当年是她对我死缠烂打，我看她那么漂亮就谈了啊！但是年纪小什么都不懂，就真的只是觉得她好看又追我就同意了，谈了段时间觉得没什么意思就分了啊。”安逸轩一脸求饶的表情，“年轻不懂爱啊，我最爱的就是沙希子了。”

我看着雅伊年轻漂亮的脸蛋，想起安逸轩那句我最爱的就是沙希子的话，心里一时五味杂陈。也许不管她还是我，都只是安逸轩的过客呢？停！我怎么能这么悲观呢！我深吸了几口气，我沙希子不会是轻易认输的人啊！不然我回到16岁的意义在哪里！还没出现的人要尽可能地不要让她出现，已经出现的要尽可能遏制她！

雅伊算什么呢？当年都不过是过客，如今就要连过客都不是！我在心里恶狠狠地说，可是一看到雅伊兴奋地给安逸轩加油的手势后，又忍不住有点气馁，我似乎在身材在外貌上都比过雅伊啊，别说现在的我了，就是成年之后的我也没有雅伊这么漂亮啊！我眼光又瞟了瞟场中的男生们，不少都在偷偷看着雅伊。

那一群女生中，雅伊就像月亮一样，浑身的光芒挡也挡不住。我难免有点自惭形秽，低下头陷入了无限的惆怅中，如果安逸轩真的喜欢上雅伊怎么办呢？我还没成功就要先失败了吗？好不容易接近了安逸轩，好不容易让安逸轩对我有了好感，难道一切就都白费了吗？那我上了圣约翰又有什么意义呢？再说了，如果安逸轩真的和雅伊在一起，我再去追求安逸轩不就成了第三者了吗？不对啊，明明我才是原配啊！我才是应该和安逸轩在一起的啊！

“喂，你在干吗呢！”安逸轩不知道什么时候走到我的身边，轻轻拍了拍我的头。

我抬起头看着高大的安逸轩，脑子还有点没反应过来：“你不是在打球的吗？”

安逸轩不满意地皱了皱眉：“现在是中场休息时间啊，喂，你在想什么呢？一中午都不看我，只顾着看女生！”他的语气微微加重，似乎在宣示着他的不满意。

我又低下头咬嘴唇，不知道该怎么说，纠结了半天才又抬起头看着安逸轩问："那个……你喜欢雅伊那种类型的女生的吗？"

安逸轩挑眉看了我半天，突然大笑起来，黑曜石般的眼睛也好像在发光一样，他又拍了拍我的头，语气轻扬着说："我还真没想过，还行吧，我考虑考虑下啊。"

我嘟起了嘴，心情不好地低下头，他笑得这么开心，是因为想到了雅伊吗？是因为雅伊那么漂亮的女生追他让他觉得心情很好吗？他还要考虑考虑，那我呢？我算什么呢？

安逸轩突然伸出手掐了掐我的脸，语气仍然带着笑意："真是个傻瓜。"

"你说谁傻啊，干吗掐我！"我嘟着嘴打掉他的手，没好气地问。

安逸轩并没有生气，继续笑嘻嘻地说："天天胡思乱想，小脑袋瓜可以装多少东西啊，难怪要熬夜看书做题了。"

"我就是笨可以了吗？笨鸟先飞不行吗？我努力还有错啊？"我抬起头瞪着安逸轩说，就像吃了炸药一样，随时可以爆炸。

安逸轩轻轻摸了摸我的头，语气很温柔："乖，我不是嫌弃你啦。"

我依然气呼呼的模样，心里无限郁闷。

安逸轩很无奈地说："怎么变得这样容易生气啊，我还要继续打球，一会儿带你吃好吃的啊！今天食堂会有红烧排骨哦，我记得你最喜欢吃排骨了。"安逸轩又摸了摸我的头，然后回到场上打球。

我一个人继续席地而坐，眼光扫到周围的女生们，怎么她们都恶狠狠

瞪着我看啊？尤其是那个雅伊，一双漂亮的眼眸里好像充满了水雾，看着我的眼神既委屈又不甘，偏偏这样的表情还能有一种我见犹怜的感觉，连我是女生都忍不住动心了呢。

可是，我为什么会突然有成为公敌的感觉呢？浑身觉得冷飕飕的，那些女生的眼神好像刀子一样。

“不会吧，安逸轩没问题吧，看上她？”

“太没意思了吧，真是她我可不服气啊，怎么会是她？”

“男神啊，你是不是忘记吃药了啊？”

“学习学傻了吗？还是审美都变了？我都比她好看吧！”

“走了走了，没意思，男神审美堪忧。”

断断续续的话语传入我的耳朵，我莫名其妙地瞪着她们看了一会儿，她们在讨论安逸轩和我吗？为什么看上我就是审美有问题！我嘟了嘟嘴，将注意力转移到安逸轩身上，不理她们，不理她们，我在心里告诫着自己。

（三）

安逸轩很快打完了球，不过我完全沉浸在自己遐想的世界里，也没有向往常一样给他送水送毛巾，等他走到我身边的时候我才反应过来。

安逸轩又掐了掐我的脸，想说什么又咽了下去，只是笑着说："走，我带你吃红烧排骨去。"

听到红烧排骨我就来了精神，我特别爱吃排骨，还爱吃红烧的。作为一个肉食动物，我觉得没有什么比吃排骨更幸福的事情了！于是也就将那些乱七八糟的想法扔掉，专心跟着安逸轩往食堂走。

"你先等我一下吧，刚才打球出太多汗，我去洗脸洗手。"安逸轩突然又停了下来说。

我这才发现安逸轩满头满脸的汗水，忍不住责怪自己粗心大意："哎呀，刚才就应该去洗的啊，我吃饭又不急。"

"你等我一会儿啊，别乱走。"安逸轩又向着我交代一句才走开。

我想我又不是三岁小孩子，还用这么担心吗？于是找了个凉快点的地方站着等安逸轩，这么不巧，在我十几米远的地方正好站了一男一女两个人在吵架。我还真不是爱多管闲事的人，但是距离近就有那么一两句飘进了我的耳朵里。

"你这次测验又不理想，你天天在干吗啊？不好好学习，也不陪我，你是不是天天都在打游戏啊！"女生的声音有点尖锐，夹杂着一些哭音，"我天天放学等你一起走，可是你一放学就不见了，我找你出来散步，你说不想出来，那你在家好好学习也行啊，可是考试又不好！"

"哎呀，你别哭了行不行，烦不烦啊？我很多事要忙的啊，除了学习就是你啊，那我人生多无趣啊，我没事打个游戏怎么了？我有时间的时候不都在陪你吗？我是答应过你期末考试要往前提十名，但是还没到期末啊，只是个小测试而已，我考不好你要这么激动吗？”男生似乎一点不在乎女生的气愤，话语里完全在为自己开脱，好像自己一点错也没有。

真是渣男从小就是渣男啊！我忍不住朝两人看去，那女生中等个头，身材倒是很好，前凸后凹的，高中生里算发育得很好的了，一张鹅蛋脸很有古典美感，此时哭得梨花带雨更觉漂亮。男生嘛，倒是只能说清秀而已，并没有什么突出的优点。

“你够了，都是借口，小测试都考不好，期末就能突然考好了？说什么会为了我好好学习，都是骗我的吧，我告诉你，你这样做是在耽误你自己！”

“我怎么就骗你了呢？难道我就该像个书呆子似的天天看书学习，别的一问三不知？”男生明显有点急了。

“像个书呆子至少能考上好大学，找个好工作，你现在呢？天天游戏，以后考不上大学怎么办？是游戏里有哪个小妹妹吸引你了吧？”那女生似乎一点也不肯说软话，始终针尖对麦芒似的质问。

我在心里直摇头，这样吵下去肯定没结果的啊，两个人都觉得是对方的错，最后肯定不欢而散。不过这个年纪的人啊，让他们安静下来长远考虑也太难了，我始终觉得男生错更多一点，因为我见证过太多一心只玩游戏，然后学习不好，家里又不算有钱的小孩，最后基本都是走上了歧途。看这女孩也挺聪明漂亮的，希望她能早日悬崖勒马啊。

“你这么说是想分手吗？想分就分吧，你看谁学习好找谁去，我就是这样了。”男生最后撂下这么一句狠话。

“好，你说的，你可别后悔，比你优秀的男生多得是，我再找个绝对会比你优秀一百倍！”女生的声音也很决绝。

“你……你真的要分手？”男生反而有点犹豫起来。

“不是你说要分的吗？谁怕谁？”女生呜呜咽咽哭起来。

“你别哭啊，我错了，对不起，我以后不玩游戏了还不行吗？你别哭了好不好！”男生看女生越哭越大声，顿时有点慌了，不停地赔礼道歉。

我在心里叹息一声，看着他们两个吵架，就像看着两个小孩在玩过家家的游戏一样，以为一句话就可以天长地久，以为约定就再也不会改变，可是往往毕业就面临分手。高中的恋爱总是脆弱的，一场高考过去，往往就天各一方了，不过我还是很喜欢这些纯纯的恋爱的，不太掺杂其他东西，喜欢就是喜欢了，单纯又美好。

“你真的知道错了吗？”女生哭了一阵问。

男生猛点头：“知道啦，再给我次机会好不好？”

“好，给你最后一次机会，这次期末考你要是进不了前二十，那我们就真的完了！”女生的态度依然很坚决。

“好好！”男生却更多的是一种敷衍感觉。

不过现在的女生也不在乎吧，擦干眼泪很快就笑靥如花，女生总是比较好哄骗的，也许她们知道是谎话，可是宁愿多相信一些。那个女生嘛，

应该很有主见，如果男生这次期末考不好，估计他们就真的会分手了。

“你在看什么呢？那么专注。”安逸轩拍了拍我的肩膀好奇地问，“你怎么了，老是走神的样子？最近学习压力太大了吗？”

“可能是吧，最近天天熬夜做习题，还要早起背英文单词，你看我黑眼圈都好大了！”我指着自己的黑眼圈给安逸轩看。

“谁让你自己不好好睡觉的，期末考试而已，你用得着那么紧张吗？那你高考的时候打算怎么办！”安逸轩有种又好笑又好气的表情，“以后记得早点睡，不然身体垮了，考试分数再高也没用啊。”

“那可不是啊，现在什么都看分数啊，我不想比别人差嘛，而且上次测试成绩这么好，这次肯定要保持的啊。”我揉了揉眼睛说，不知道为什么，刚才那个女生的脸老是在我眼前晃的感觉，我觉得她的脸好像有点说不出的熟悉。

“那中午多吃一点，好好补补身体。”安逸轩朝我笑着说。

“那我吃胖了怎么办？我可不要变成小胖子啊，本来就不好看，一胖不就是更丑了吗？”我拍了拍自己身上的肉肉说。

“胖一点才会可爱点啊。”安逸轩突然盯着我笑着说，说完就往食堂走去了，我跟在他的身后，心里有一点点甜蜜的感觉，他说胖点才可爱，是不是也等于夸我不是很胖呢？

“我刚才看见了一对男女在吵架，女生说男生光顾着玩游戏不理她，男生觉得女生无理取闹，没想到你们学校也会有这种事啊。”我随口聊着刚才看到的事情。

安逸轩做了个无奈的表情："很正常啊，我们学校的学生和你们学校的没什么区别，至于学习，我觉得还是适合自己最重要，硬是逼着自己学，也会把自己逼疯的啊。"

"那我最近是要放松一下了啊，看来没事还是要多来看看你，还能觉得放松一点。"我故意打趣着说，"就是你不怕我妨碍你吧。"

"你啊你，就会胡思乱想，我当然希望你天天来了，不过身体重要，学习第二，我在你心里能排个第三就不错了吧。"安逸轩的话突然让我觉得很暧昧。

我摇了摇头：才不是这样，在我心里，你才是独一无二的啊！

"你以为你很了解我吗？"我噘嘴说。

"哎呀，你今天真是不对劲，傻瓜！"安逸轩摸了摸我的头笑着说，语气里似乎有一点宠溺的味道。

（四）

我和安逸轩有一搭没一搭地聊着天走到食堂，安逸轩带我去三楼吃饭，我依旧是乖乖坐在那里等，安逸轩去点菜打饭。看着他忙碌的模样，心里有一点安稳的幸福感，其实安逸轩对我很好啊，他一定已经开始喜欢

上我了吧，虽然雅伊跟他表白，但是他并没有接受啊！下学期，下学期我就来圣约翰和他一起了，那时候，就更没那个雅伊什么事了吧！我这样一想，心里顿时轻松不少。

我趴在桌子上，困意忍不住袭来，没办法，最近熬夜又早起导致睡眠不足，就在我睡意蒙眬中时，突然浑身一个激灵清醒过来。刚才那个女生，那个鹅蛋脸的女生！我竟有种不可思议的感觉！但是，太像了，那侧脸，简直是一模一样，那噩梦一样的女生啊！她的名字有点拗口，却像刀子般刻在我的脑海里，馨檬，没错，她就是馨檬！

我顿时忐忑不安起来，安逸轩曾经说过，他和馨檬是高一下学期认识的，那时候馨檬刚跟男朋友分手，赌气找上了安逸轩，安逸轩倒是很欣赏她的勇气，而且她又聪明又漂亮，还特别自信和强势，安逸轩本来也只是抱着玩玩的态度在一起，没想到在一起就是四年，四年啊！如果不是她，我和安逸轩也不会走到当年的境地！馨檬，她会再次成为我的噩梦吗？

高一下学期，我握紧了拳头，刚才听他们的争吵，如果那男生这次期末考不好，馨檬肯定会跟他闹分手，然后下学期她认识了安逸轩就和安逸轩在一起了。回想她的话，她说过会找一个比那个男生好一百倍的人，安逸轩不正是最合适的人选吗？

“你真的很困啊，那赶快吃完回学校吧，还可以睡一会儿。”安逸轩已经将饭菜准备好，推了推趴在桌子上的我说。

我努力克制着自己的情绪坐好，努力挤出一个笑容说：“是啊，最近真的是太累了，不过这次期末考对我真的很重要，很重要！”我一定要考好，不然进不了圣约翰，就真的完了啊！

安逸轩夹了一块满是肉的红烧排骨递到我的碗里，笑嘻嘻地说：“傻瓜，学习不是一朝一夕不吃不睡就能好的啊，乖乖吃饭，不要想学习的事了，你看你最近都瘦了，多吃一点，李阿姨做的红烧排骨可棒了呢！”

我咬了一口排骨，的确很香啊，肉特别烂，也不会很咸，我本来没什么胃口的，吃一块却觉得饿了，忍不住又吃了好多。

安逸轩看到我吃得开心，自己似乎也特别开心的样子，不停地给我夹菜。除了红烧排骨，还有黄瓜肉丝，香菇青菜，安逸轩不爱吃香菇，但是我喜欢吃，看着他将香菇一一挑出来给我，我心里溢满了感动。

“你怎么停下了啊？对了，我还叫李阿姨特别烧了点鸡汤，你一会儿多喝点。”安逸轩一边吃一边对我说。

“你可真是要喂胖我啊。”我轻轻说一句，眼泪却差点掉下来，安逸轩对我这么好，不会是幻象吧，不会下学期一开学，就什么都变了吧？

“我是怕你身体受不了，还有啊，咖啡什么的不要多喝。”安逸轩轻描淡写地说了一句。

“知道啦知道啦。”我装作受不了的表情，乖乖地将安逸轩夹给我的菜全部吃完。

吃完饭，安逸轩又去给我盛了好大一碗鸡汤，我揉着圆滚滚的肚子可怜兮兮地说：“安逸轩，我吃太饱了，真的喝不下了啊。”

“那就慢点喝啊，我可是花了钱让李阿姨放足了料的，不能浪费了！”安逸轩将鸡汤放在我眼前，语气有着不容置疑的强硬。

我瘪了瘪嘴，一小口一小口地喝下去，汤的味道是不错，可是我今天真的是吃太多了啊！

“你看你，都洒出来了！”安逸轩拿出纸巾帮我擦撒出来的汤汁，顺便帮我擦了擦嘴角。

我有点石化的感觉，他以前从来没表现的这么亲密啊！他这个举动是不是暗示什么啊？我心里有种甜甜的感觉。

“跟小孩子似的，喝个汤也能傻笑，真不知道不会是学习学傻了吧。”安逸轩敲了敲我的头。

我慢慢将汤喝完，心里充斥着一种不真实感，还有深深的恐惧感，我不想失去安逸轩！那种感觉太难受了！

安逸轩跟我说分手的场景似乎依然历历在目，我好不容易重新遇到安逸轩，好不容易在她之前和安逸轩在一起，老天不会这么残忍的吧！我已经没有办法想象，如果这一次再失去安逸轩，我该怎么办了。

“想什么呢？”安逸轩接过我手中喝空的汤碗，“该回学校了，早点回去你还可以睡一会儿，你真的是太累了啊。”他的眼神中有一丝心疼。

“我想多陪你一会儿啊，我们多走走吧，我吃多了，正好消消食啊。”我撒娇着说。

“那你今天必须早睡觉。”安逸轩敲了敲我的头，“不然晚睡久了容易老哦，还会容易傻。”

“讨厌，不许敲我的头，敲傻了是不是你负责啊！”我朝着安逸轩吐了吐舌头。

饭后，安逸轩和我在圣约翰里逛了逛，还遇到了铃铛，铃铛看到我表情很惊讶，将我拉到一边偷偷地说：“你还真来突击检查啊，怎么样怎么样，结果还满意吗？”

“检查你个头啊，一来就遇到人家跟他表白，还遇到一个……算了，希望是我多想了。”我想到了馨檬，但还是决定不说太多了。

铃铛一副很八卦的模样：“表白，什么表白？结果怎么样？安逸轩什么反应？”

“被我破坏了嘛，安逸轩没答应没拒绝……”我摊了摊手，好像是这样。

“啊，那小子，他要是敢欺负你，看我怎么收拾他。谁跟他表白的，我去教训她，抢我姐们的男朋友！”铃铛顿时一副摩拳擦掌要开打的架势。

我赶紧拉住了她：“别激动别激动，安逸轩对我挺好的啊，而且什么男朋友啊，现在提这个太早啦。”我脸一红，声音忍不住低下来。

“行了，这么快就帮他说话了，安逸轩对你好就行，我会在学校里帮你盯着他的。”铃铛拍了拍胸脯说。

“你要盯着谁啊？”安逸轩阴森森地看着铃铛吼道。

铃铛一个闪身躲到我的身后说：“我可什么都没说啊，希子救我。”

“好啦，你们两个人啊，我也该到时间回学校了。”我无奈地笑了笑，对安逸轩说，“我有时间再来找你玩。”

“那还要不要突击检查啊？”安逸轩睁着一双无辜的眼睛看着我，“原来还有突击检查一说啊。”

“你还不是突然出现在我学校门口？”我反击似的问。

“好了好了，快回学校吧。”安逸轩笑着送我到墙角，一再叮嘱我要小心。

不知道为什么，我的心总有种隐隐的担忧，我也说不清在害怕什么，连上课都有些走神，老师们还以为我最近熬夜学习太辛苦，纷纷告诉我要注意休息，我想我最近真的要好好休息一下了。

放学之后，很意外的是安逸轩又在学校门口等我，我也乐得跟他一起走，这次没有牧野歌和熏怡然，我们两个人可以慢慢走啦！他一路送我回家，还不忘要我早点休息，我的心里终于觉得踏实了点，没什么是不会改变的，我相信，安逸轩是喜欢我的。

第八章 08

进军圣约翰

（一）

安逸轩对我的态度让我的心情重新好了起来，学习的时候也更加有干劲了。考试的日子越来越近，我像高考一样，用红色记号笔在考试那天画了个大大的圆圈，时刻提醒自己注意时间。

天气也越来越寒冷了，午休时间变得少得可怜，我再也没办法偷偷跑去安逸轩的学校了，不过我告诉自己暂时忍耐一下，等到考完试我就可以转学到安逸轩那儿了，到时候天天都可以见了啊！不能因小失大啊！这段时间唯一的慰藉就是安逸轩的短信，让我在深夜学习时也觉得暖暖的。

“很晚了，早点休息。”

“你肯定还在做试卷，注意休息。”

安逸轩的短信总是不定时响起，提醒着我该休息一下或者该睡觉了。如果哪天他没有发信息给我，我肯定就会熬通宵，看着眼睛下方深深的黑眼圈，我有些疲惫地笑了笑，现在辛苦无所谓，只要结果是甜蜜的。而且，我可以趁着寒假好好休息啊！

除了刻苦学习之外，我心里也另有一种遗憾的感觉，曾经待了三年的地方，如今只待了半个学期就要走了，曾经的老师同学们，也很快就要告别了，我想我们以后都很难有任何交集了。这样想来我也尝试着去和同学们相处，只是融入一个集体还是很难的，我已经远离他们太多了，人生从来都是不完美的，还是顺其自然吧。

当时间终于走到期末考试那天的时候，我还是忍不住紧张起来，前一天晚上就几乎没怎么睡着，好几次迷迷糊糊睡着，都是在各种梦境中穿梭，就像在中考那天一样，总觉得自己做错了，可是怎么都找不到正确的答案，然后铃声响了，我不得不交卷，以一分之差与圣约翰失之交臂。

“啊，这个也不会做啊，怎么大脑好像突然失忆了啊！”我盯着空白试卷大脑一片空白，讲台上的监考老师特别凶狠地瞪着我，似乎在我耳边问我怎么还不开始答题。

“你这个成绩，还想着进圣约翰啊？不留级就算好的了！”监考老师

的声音尖锐又刺耳。

“不要啊！”我大叫着醒来，看到黝黑的窗外，还是晚上，我还在床上，我擦了擦额头冷汗，不停告诉自己不要紧张不要紧张。

“沙希子，你太让我失望了，考得那么差，以后都不要再来找我了。”安逸轩冷峻的面容充满了嫌弃。

“不行，不行，我睡不着！”我“噌”一下从床上坐起来，大脑思绪乱飞，怎么也安静不下来，仿佛一闭上眼睛就有无数噩梦跑出来。

拿出手机看了看时间，居然已经凌晨一点了啊，我忍不住翻出安逸轩的号码，发了个短信过去：“睡不着啊，有点紧张明天的考试。”也许他不会回，只是我觉得找他能让我安心。

将手机放回枕边，我再次躺回床上，没想到手机居然响了起来。

“放松，好好睡觉，不要想太多，你看今天的月亮很漂亮，有没有听说过跟月亮许愿就会实现啊，我帮你跟月亮祈祷，明天肯定能考好的，早点睡。”

安逸轩居然也没睡觉啊，我拉开窗帘看着窗外的月亮，如银的月色流泻而下，没想到他也会相信那些童话啊！我甜甜一笑，仿佛吃了安心药一般，很快就进入了梦乡。

第二天早上醒来时，发现阳光很好，心情也就变得很好，找了件自己很喜欢的衣服穿上，妈妈早就给我做好了爱心早餐，一根油条加两个鸡蛋，象征着一百分。

“宝贝，一会儿好好考试，不要紧张啊！”妈妈很温柔地笑着说。

“放心好啦！”我充满自信地说。

走在路上的时候，又收到了安逸轩的短信：“迎着阳光深呼吸一下，想象将能量充满身体，然后清空大脑，微笑着去考试。”我抬起头看着明媚的朝阳，好像充满了力量。

考试的时候很顺利，并没有我噩梦中的那些恐怖场景，监考老师人挺好的，考题也基本都是我遇到过的类型，不知道是有底子还是最近很拼命，我终于有了种学霸的感觉，因为看到题目的时候就觉得答案已经徘徊在我脑海里了。

连续三天的期末考试终于考完了，我兴奋地窝在家里等成绩，也算是难得的放松时间。我躺在家里吃吃喝喝睡睡懒觉，将之前熬夜留下的后遗症一一改过来，不能让安逸轩看到我的时候觉得我憔悴了啊！

学习成绩很快就公布了，果然我的努力没有白费，任老师通知我已经顺利通过圣约翰的招生要求，下学期就可以直接去圣约翰报到了。转学的事情还需要处理一些文件，爸爸妈妈和我一起将所有手续办完，我也就正式进入了寒假生活。虽然还是短短的半个月，但是我已经很满足很兴奋了啊！我想着要给安逸轩一个惊喜，所以并没有提前告诉他，只偷偷告诉了铃铛，铃铛很开心，开心之余还坑了我一顿肯德基。

“开学之后我们就是同学了啊，真好，没想到你真能转过来，看来爱情的力量真伟大啊！”铃铛一边喝着可乐，一边不可思议地感叹着，“谁告诉我早恋一定是不好的啊，看来我得发展发展啦。”

“一边去，我这是特殊情况啦，你可不能学我，不过你有喜欢的人了吗？有的话一定要告诉我，让我给你参谋参谋。”我敲了敲铃铛的头，这丫头在当年可是跟早恋无缘的，一直大学临近毕业了才终于有了初恋。

铃铛贼兮兮看着我问：“准备什么时候告诉安逸轩啊？”

“不打算告诉他啊，你不觉得开学的时候他看到我会很惊喜吗？”我眨了眨眼睛笑着说。

铃铛不住点头：“太厉害了，他肯定得高兴坏了。”

我又陷入了妄想里，想象着安逸轩到时候的吃惊模样，他会怎么对我说呢？真是好奇啊！

“在哪里啊？”就在我想着安逸轩的时候，他的短信就来了。

我捧着手机回答：“我在和铃铛吃肯德基呢。”

“那么不健康的食物要少吃。”安逸轩发了个严肃的表情。

“知道啦，最近天气很冷，要注意保暖，别感冒了啊。”我发了个笑脸回他。

一旁的铃铛强烈地表示了不满：“喂，你和我出来吃饭能不能专心点啊？一直看手机，哼，肯定是安逸轩又找你聊天了吧。”

“嘿嘿，我不是一直在陪着你嘛，下午陪你去逛街好不好？”我看着手机敷衍着说。

“那还差不多，你能不能少看会儿手机啊！”铃铛吼道，“我都吃饱了，现在开始逛吧！”

“好吧好吧！”我乐呵呵地说。

现在的感觉真有点回到谈恋爱的时候，安逸轩和我也是这样，每天都要发好多信息，似乎一刻找不到对方就不自在。

晚上在家里看电视剧的时候，安逸轩的电话又来了，他的声音通过话筒传来别有一种磁性的感觉。

“在家里呢？”安逸轩问我。

“是啊，在家看电视剧，我很乖的啊。”我跑回自己的房间跟他煲电话粥。

“寒假在家就是玩了，看来期末考得好就不紧张学习了啊。”安逸轩的声音有一丝笑意，“没事也要看看书的哦，温习一下。”

“知道啦，我都有规定时间的啊，早上起来先看书，下午做作练习题，晚上才会休息休息。”我跟他汇报着我的寒假安排。

“不错，看在你这么勤奋的分上，改天一起吃个饭吧。”他似乎轻描淡写地问。

“啊，真的啊，去哪里吃啊？”我激动起来，这么久没见安逸轩了，其实我心里也很想他的啊，但是天天和他发信息打电话，他都没主动约过我，我也不好意思去找他。

“明天早上十点绿地公园见吧。”安逸轩说，“不许迟到哦。”

“哇，好的，肯定不会迟到的！”我开心地回答，这还是他第一次约我出去玩呢！

（二）

我兴奋得几乎一晚上没睡觉，第二天早早起来打扮自己，还偷了片妈妈的面膜用，保证自己的脸蛋又白又嫩，还化了一点淡妆，衣服也是精心挑选的，一条雪白的蕾丝连衣裙，我想让安逸轩对我有一个全新的印象！不过就是让妈妈又诧异了一回，觉得我最近是不是兴奋过头了，我也没有解释太多就溜出了家门。

到绿地公园时才九点半，我就在大门口晃荡了会儿，门口有不少小朋友在玩捉迷藏的游戏，看得我玩心大起，正好公园门口有块石碑，我走过去躲在石碑后等着安逸轩，刚躲好就看到安逸轩大步流星地走过来了。这么巧他今天也穿了一身白色，白色的毛衣加白色的牛仔裤，衬得整个人如翩翩贵公子，他往那里随便一站，就能感觉到不少目光已经被他吸引。

我蹑手蹑脚走到他的身后，想给他个惊喜，谁知道他反应那么快，在我的手刚碰到他的肩膀时，他已经伸出手抓住了我的手。

“哎呀，疼！”我惊呼一声，表情有点扭曲，真是讨厌！我本想美美地出现的啊！

安逸轩看到是我惊讶了一下，随即放开我的手笑了起来：“是你啊，谁叫你偷偷出现在我背后，我还以为是小偷呢！你怎么来这么早，这算活该吗？”他笑起来的时候，眼睛弯弯的像月牙一样，当然比月牙要大很多啦，亮晶晶的真让人想一直看下去。

我不由得红了脸，轻咳一声低下头，声音也低了下去：“人家是想给你个惊喜啊。”

“惊是有了，喜嘛，还谈不上，你看你的裙子，都沾上灰了，这么活泼好动还穿白裙子。”安逸轩一边笑，一边伸出手拍了拍我的裙子，企图帮我将脏的灰尘打掉。

我有点委屈地噘了噘嘴，转过身不理他：“我只是想打扮好看点啊，你都不会夸人的吗？”

“好啦好啦，我们进去逛逛吧，穿过公园有一家特别好吃的火锅店哦。”安逸轩的声音里全是笑意。

“啊，我穿成这样去吃火锅，不是要弄一身？”我哀号一声，内心吼着为什么没提前问清楚。

“放心啦，不会的，我帮你借个围裙。”安逸轩笑着说。

“好吧，反正你也一身白，要脏一起脏。”我小声嘟囔着。

安逸轩有点无奈地摇了摇头，朝公园里走去。这公园是开放式的绿化公园，主要看点就是绿树绿草，还有一池清澈的湖水，冬季的阳光暖暖的，照在人身上格外舒服，满眼的绿色让人心旷神怡。

我们肩并肩慢慢走着，让我不禁想起了以前谈恋爱的时候，我们也喜欢一起逛公园，只是那时候我总是要拉着他的手，走累了还要缠着他背我。

那还是初秋时候，我们一起在公园看枫叶，他一路只顾着拍照，丝毫没发现我已经落在了后面。

“安逸轩，我走不动了，你背我。”我双手叉腰，气喘吁吁地朝着一直往前走的他喊。

安逸轩放下相机回头看我一眼，表情有点不情愿：“你该多锻炼多锻炼了啊，尽长肉了不是，加油。”

“呜呜，我不管，我累了，你背我。”我索性蹲下来，可怜巴巴地看着他。

安逸轩皱了皱眉，终于还是走回来，语气温柔地哄着我说：“乖，我们找个地方坐着休息休息好不好？这里可是上山的路啊。”

“那你背我走一点嘛，前面有摇椅，我想坐摇椅。”我不肯站起来，只是伸出手拉住他的裤腿。

安逸轩叹了口气，蹲下来让我上去，我嘿嘿一笑跳上他的背，往来的游人都看着我们，我觉得那真是幸福的一天。

那时候的我那么放肆，也不过是仗着安逸轩的喜欢，如今我却再也不能了啊，我甚至都不确定，他是否还能像当初那样爱我，而那个命中注定要出现的女孩，是不是还是逃不过命运的安排？

“喂，你想什么呢？这么入神，该不会累了走不动了吧。”安逸轩停下来看着我。

“啊？没有啊，想到一些往事而已啊。”我笑嘻嘻回答，然后立刻跟上安逸轩的脚步。

“往事？你还和谁来过这里吗？”安逸轩瞪我一眼问。

“啊，没和谁来过，和父母来过啊！”我斜看他一眼回答，心里想除了和你还和谁来过这里啊，不过10年之后的绿地公园可不是这样了。

我们走走停停加上聊天，等走到公园另一个门的时候，已经12点了。我擦了擦额头的汗水想自己最近真的太缺乏运动了，安逸轩也嘲笑我寒假在家养肉，让我很是郁闷，直接说中午减肥不吃饭了。

“那可不行，午饭不能不吃。”安逸轩表情严肃起来，“你也不是很胖嘛，不要紧的，可以吃可以吃。”

“哼，那以后你不许说我胖！”我气呼呼地说，然后还是很听话地跟着他往火锅店走。

安逸轩带我去的火锅店在一个很偏僻的地方，很老旧的门面，里面也没有很多人，不同于一般火锅店烟熏火燎的味道，这家店安静得很，味道也是很香的那种。

“这家火锅店主打养身锅，以鱼汤鸡汤为锅底的，放心吃好啦，不会胖的。”安逸轩带我找了个安静的地方坐下。

“我还从来没来过这里呢，这么有意思，可是不辣的话不好吃啊。”对于无辣不欢的我来说，吃这种清汤火锅就是种折磨。

“保证好吃！”安逸轩兴冲冲地点单，脸上是一种很自信的神彩，“你一定会喜欢的。”

我看着他在一堆蔬菜上勾勾选选，就觉得他的品位还真是一成不变啊，我抢过菜单说：“既然你请我，是不是应该我选菜啊！”我迅速在羊肉卷牛肉卷鱼丸蟹肉棒等安逸轩觉得不健康的食物上画上钩钩。

“好吧，原来你喜欢吃这些东西啊。”安逸轩看着我选的菜，并没有表示异议，而是一种恍然大悟的表情。

“我就是个肉食动物怎么了？”我瘪瘪嘴瞪着他。

“可以啊，挺好的。”安逸轩笑眯眯看着我说。

很快火锅就端了上来，是一种很好闻的清香味，夹杂着一点中药的味道，安逸轩在涮菜前先给我盛了一碗清汤：“这个汤可以清喝的，尝尝看啊。”

我端起碗喝了一口，果然和以前吃的火锅汤底很不一样，更鲜甜，喝完胃里暖暖的，人也舒服了很多。

安逸轩将点的菜按照顺序放在锅里涮，然后再夹给我，让我有一种在谈恋爱的错觉，他此时的温柔体贴又像回到了当年，而我安心理得地享受着他的好。

“怎么样，很好吃吧？”安逸轩看着我问。

我揉着肚子抱怨：“好吃是好吃，但是我不知不觉吃了太多了，胃好涨啊！”

“正好下午去书店转转散散步，我要买几本参考书，你也用得到的。”安逸轩喝了口清茶说，他好像无论何时都是优雅的。

我猛点头，和他在一起的时光怎么都是不觉得够的啊，我真的很想天天都能这样见到他，和他一起逛街吃饭，因为见不到他的时候都是在思念他。

（三）

和安逸轩的良好发展让我心情大好，每天在家里除了吃喝玩乐也会学

着做点小东西，比如十字绣。我绣了好几个钥匙链想送给安逸轩，但又怕安逸轩会笑话我，我还学着叠了好多小星星，每个星星里都写了一句话，虽然这些都是电视剧里学来的，但我还是做得很用心啊，只是想了想觉得太矫情，也没送给安逸轩。

我这么勤劳想做点什么送给安逸轩，是因为我知道安逸轩的生日快要到了，我不想花钱买那些俗气的生日礼物，我想做一个独一无二的东西送给他，让他记住我，我还想以后的每一年都可以陪他过生日。

挑来选去都没有特别合心意的礼物，只可惜10年前淘宝并不太发达，而我作为未成年人也没办法网上购物，只好在实体店逛来逛去。终于让我选到一个满意的礼物，手工制作的真皮钥匙扣，上面雕刻着一句“you are the best”的花体英文，我觉得很有意义就买了一对，打算安逸轩生日的时候送给他一个，然后我留着另一个。等以后的某一天，让他看到我用着同款的钥匙扣，嘿嘿……到时候我再装个傻，他那么聪明肯定想得通，我们用着一对钥匙扣，那一定很浪漫！

选好了生日礼物，我就等着安逸轩的电话了，以我们目前的关系来讲，他过生日通知我一声也很正常吧，果然，在他生日的前一天就给我发短信了。

“明天下午一起出来唱歌不？”语气很自然，并没有提到过生日的事。

我发过去问他："在哪里唱歌，还有谁去啊？"

"明天我生日，同学们想一起聚聚啊，你要来吗？在麦可可KTV。"那边等了一会儿才回道。

"生日快乐啊，你过生日我一定去的啊！"我在心里乐开了花，他的同学和他一起过生日也喊着我，是不是证明我在他心里是有一定地位的呢？

第二天，我好好打扮了一番，淡粉色的连衣裙配淡妆，既漂亮又不失这个年龄段该有的活泼鲜嫩。照了照镜子，我对自己的这番打扮还算满意。

拿着准备送给安逸轩的礼物，我来到了麦可可KTV。喧嚣的音乐充斥着耳膜，那些怀旧的歌曲在现在还正是流行时，我找到安逸轩的包间打开门，里面坐着很多我不认识的人。安逸轩正坐在一个女生旁边，而那个女生正是之前向他表白的雅伊，我的心情一瞬间就低落了，安逸轩连忙站起来接待我，我的笑容有点尴尬。

"送给你的，生日快乐。"我将礼物拿给安逸轩，站在门口纠结着要不要走进去。

"进来坐吧。"安逸轩拉着我到最里面的沙发坐下，他拿着礼物在耳边摇了摇，笑着问，"是什么啊？"

"你打开看看吧，小东西而已。"我偷偷拿眼睛看着雅伊，她今天穿

着短裙长靴，别有一种妩媚的美感，正和身边的人笑着聊天，我咬了咬嘴唇，有种不舒服的感觉在心里弥漫。

“怎么了啊？”安逸轩拍了拍我的肩膀，“不舒服吗？”他关心地问。

“没有啊，可能昨天睡得有点晚。”我揉了揉脑袋，“你去玩吧，不用照顾我的。”我在沙发上找了个舒服的位置坐好，我不想打扰他的好心情，可是又没办法开心。

“安逸轩，不介绍介绍啊？”有男同学在起哄。

“我朋友，沙希子，别乱开玩笑。”安逸轩指了指我说。

我勉强露出一个笑容跟大家打招呼：“你们好。”

“安逸轩，你的歌到了，是五月天的天使啊。”一个男生指着屏幕上跳出来的歌曲说道。

安逸轩兴冲冲跑过去拿话筒唱歌，他的声音很干净，声线婉转动听，他唱歌一向很好，当年大学里面的唱歌比赛他还拿过一等奖呢。

我的心思还是放在了雅伊身上，我都不知道他们什么时候又联系上的。我以为安逸轩拒绝了她，这件事就算完了呢，原来并没有啊！其实那天安逸轩也没有直接拒绝她啊，他们现在算什么关系呢？我看着开心唱歌的安逸轩，表情那么陶醉，恍然有种熟悉又陌生的感觉，安逸轩曾经说过高中时候不懂事，谈恋爱就跟玩一样，伤害了许多女生，尤其是雅伊，那现在会不会改变什么了呢？

“安逸轩，老实交代，你高中时候谈过几个女朋友？”我审问似的问安逸轩。

安逸轩做出举手投降状：“那个时候年轻不懂爱，都是玩玩而已，谈是谈过啊，但是过眼云烟，辜负了很多女生，没办法，谁让我高中的时候那么优秀！”他说着说着竟然有种自得的感觉。

“你还挺自豪的啊？伤害了那么多女生，真是个祸害！”我指着他的鼻子，娇嗔地笑骂了一句。

“不自豪不自豪，不过那时候嘛，有太多女生追我啦，我也觉得学习无聊的时候，需要些有趣的事情缓解压力啊！要说让我印象最深的，还是雅伊，她人漂亮性格也好，想想分了还挺可惜。”

“那你找她去吧。”我眨了眨眼睛笑嘻嘻说，只是笑容越来越冷。

“别啊，现在我只爱你。”安逸轩一把将我搂在怀里，“陈年往事，你们女生怎么就那么喜欢追究呢！”

当时的我在安逸轩的怀中只觉得安心喜乐，那些过往我的确不在乎，现在他是我的人就够了。

可是，现在的我正经历着这一切，我怎么能熟视无睹呢？我的出现没有阻止那些女孩的出现，安逸轩会因为无聊，因为缓解压力之类的理由和雅伊在一起吗？

现在的安逸轩在想些什么呢？他还是那样得意于自己被女生追吗？我在他的眼里，和雅伊那些追他的女生有什么不同？我越想越觉得心里发凉，我会不会也是被辜负的女生们中的一员？他是不是也和我玩玩而已呢？他是不是从来没有想过拒绝雅伊呢？我的脸色越发苍白起来，当年他说的一切，和现在发生的一切是如此相像。

“你怎么了啊？脸色很不好看。”安逸轩不知道什么时候唱完了歌坐回我身边，他递给我一瓶饮料关心地问。

我看了他一眼，没好气地问：“你还叫了雅伊啊，你们还联系着呢？”

“雅伊是我的同学啊，今天正好没事就一起来了，怎么了啊？”安逸轩很无辜地看着我说。

“没什么啊，只是不知道你们还联系而已。”我有点生气，可是也知道自己是在无理取闹，就是控制不住自己的情绪。

“你这是怎么了？雅伊得罪你了吗？我为什么不能和她联系？”安逸轩挑眉问我，似乎我说了什么错话。

我嘟了嘟嘴，尽量控制着自己的情绪和音量：“没怎么啊，我以为那天她跟你表白，你拒绝了就不联系了呢。”

“我们是没怎么联系啊，可是她毕竟是我同学，抬头不见低头见，难道我要永远不理她吗？今天来的人里也有她的朋友啊，大家都是同学，你在生什么气？”安逸轩不理解地问。

“你们是同学，我是外人，我是没什么资格生气，你们好好玩，我先走了。”我拿起包准备走。

“希子，你能不能不要这么无理取闹啊。”安逸轩也生气起来。

“我没有无理取闹啊，对不起。”我委屈地低下头，“我还有点事，想走了。”

“你没事吧？我和雅伊真的只是同学而已啊。”安逸轩拉住我的胳膊小声在我耳边说，“你不要闹别扭好不好？”

“我没想和你闹啊，真的……也许是我自己的原因吧，也许我没睡好，也许这里太吵了，我现在有点不舒服，我想回家，可以吗？”我看着他说。

“那我送你出去。”安逸轩拿了外套陪我走到KTV外面。

迎面的冷风让我清醒了不少，那种心痛的感觉却依旧很强烈，我没精打采地跟安逸轩道别。

“你路上小心点，到家给我发信息。”安逸轩看着我，有种欲言又止的感觉。

我也没有继续说什么，只是冲着他摆了摆手，看着他重新走进KTV，我才重重叹了口气。拖着沉重的身子慢慢走路，并不太清楚自己现在要去哪里，只是想哭又哭不出来，想问又没有立场问。我只是他的朋友，有什么

资格质问，如果现在的安逸轩真的是个游戏人间的浪子，我还要不要跳进去呢？还有那么长那么长的时间，我们才能长大啊！

（四）

安逸轩啊安逸轩，其实我穿越回来所做的一切，是不是都是错的？我停在一间音像店门口，里面正放着《简单爱》，熟悉的旋律一遍遍回响着，爱如果能简简单单该多好，年少的我们，是不是也就是需要一些独属于校园的秘密呢？我不得不说，现在的安逸轩和10年后的安逸轩有太多太多不一样，让我觉得熟悉又陌生。

我所认识的那个安逸轩，那个会宠着我惯着我的安逸轩，那个脾气好的安逸轩，如果没有10年的锻炼，也无法从青涩少年长成那样温润的男子吧！而我偏偏回到了他最青涩的时候，妄想着取代他10年间所遇到的其他女孩，妄想着从10年前就陪伴他。

我是不是错了？没有时间的成长，就不会有10年后的那个安逸轩，我赶跑了所有可能出现的女生，难道就能得到一个完整的安逸轩？和我一起长大的安逸轩，就是我记忆中爱了那么久那么深的安逸轩吗？

“如果最后我们可以在一起，那晚一点又有什么关系？”我喃喃自语起来，这句话突然出现在我的脑海里。

当年的我的确很不能接受安逸轩所经历的往事，我介意那些在他年少时出现的女生，我记忆中的白衣少年，运动场上的篮球小子，我嫉妒那些女生可以在他最好的年华出现。可是我恰恰忘记了，缘分不能强求，就是因为有了那些经历，安逸轩才最终走向了我。

我穿越回来做了这么多事，我以为我和安逸轩一定会在一起，可是此时此刻，我竟然如此迷茫。我不知道我们能不能在一起，我也不知道我们能在一起多久，如果我成了他青涩流年的装饰，那他日后会不会遇到另外一个女生？

冬季的阳光那么强烈那么温暖，却让我感觉不到一丝暖意，我觉得好像掉进了冰窖，不仅冷也不知道自己要走向哪里。我这么努力去追求安逸轩，会不会弄巧成拙，反而葬送了我们的缘分呢？

我一直以为历史可以改变，但是我怎么就忘了蝴蝶效应呢？我改变了现在也就间接改变了未来啊！苍天啊，你让我回到16岁，到底是在玩我呢？还是给我一次改变历史的机会呢？我到底该怎么做，才是对的？我该怎么做，才能真的和安逸轩在一起，我要的不是一时一刻，而是一生一世，我的安逸轩的一生一世啊。

“希子，希子，真的是你啊！”牧野歌惊喜的声音在我身后响起来，然后就是一阵奔跑的声音。等我回过神来，牧野歌已经站在了我的面前，

“我好远就觉得是你，你怎么在这里啊？你脸色很难看，是不舒服吗？”牧野歌的话连珠炮似的问出来。

我看了看面前的牧野歌，心里就更惆怅了，想追的没追到，不想追的反而天天缠着我。诚然牧野歌的确优秀不输安逸轩，但是我再也不可能喜欢他了，“没什么，我没事，只是有些事想不通，我觉得自己做错了很多事，或者说，我做的很多事，不知道对还是错……唉，那么复杂，你肯定不懂，就当我是在胡言乱语吧。”

“不复杂啊，我明白的，你是不是觉得自己突然失去了目标，不知道怎么选择才是对的？就像你一直想要上圣约翰，但是真地去上了又怎么样呢，也许你会发现还不如留在瑟约，对不对啊？”牧野歌看着我说，眼睛里闪着激动的光芒。

我摇了摇头：“并不是这个意思啊，比如……怎么说呢，我想说你根本不该喜欢我啊，你和熏怡然才是一对。”我有点头大，如果不是我穿越回来，牧野歌应该幸幸福福地和熏怡然在一起才对啊！

“我说了很多次，我真正喜欢的人是你，不是熏怡然，你不要有心理负担，我很清楚自己到底喜欢谁，好感可以有很多，喜欢就只能对一个人。”牧野歌很认真地说。

我想这句话，怎么10年前你不对我说？现在才说有什么用呢？

“能不能不说这个了，我们真的不可能，而且吧，我开学就不在瑟约了，你好好学习吧。”我转身想要离开。

“你真的要转学啊？”牧野歌拉住了我的胳膊，脸上的表情很失望，“难道连朋友都不可以做吗？”

“我不想给你假希望，我不知道别人怎么想的，但是我很清楚自己。你不懂，我对我自己很了解，我不可能喜欢你，你再怎么做我都不可能喜欢你的，OK？”我有些不耐烦地说。

“你喜欢的是别人吧。”牧野歌低下头，语气很低落，“我会证明给你看，我不比他差的。”

“你还是不懂，有的人说不出哪里好，但就是让人念念不忘，你就是比他好一百倍又怎么样呢？我喜欢的还是他而已。”

“就像你说的，我们还小，以后的时间长着呢。”

“以后也是一样，我和别人不一样，别人也许会变，但我不会，因为我……”我欲言又止。

“我知道你和别人不一样，正因为这样我才喜欢你，你放心，我知道分寸，我知道现在以学习为重，时间也不早了，我送你回家吧，你脸色这么苍白，我很担心你。”牧野歌很真诚地说。

我似乎找不到拒绝他的理由，只能点点头，任由他送我回家，从市中心到我家距离也不是很远。

“希子，我觉得你像天边的云，永远抓不住。”牧野歌像个诗人似的

说。

“别，我头疼！”我立刻捂着耳朵表示不想听。

“我只是想说，我够不到天上的云，但至少能看着它。希子，就像我追不到你，但至少，我可以远远守护你，你需要的时候，想到还有我就可以了。”牧野歌低下头，语气很忧伤，夕阳如血，打在他的侧脸上，增添了一种别样的伤感。

有那么一刹那，我的心软了，可是我咬了咬牙，没有说什么话，只是安静地让他送我回家。我能做的，仅此而已，因为我的心除了安逸轩，再也容不下别人了。

木头开窍啦
第九章
09

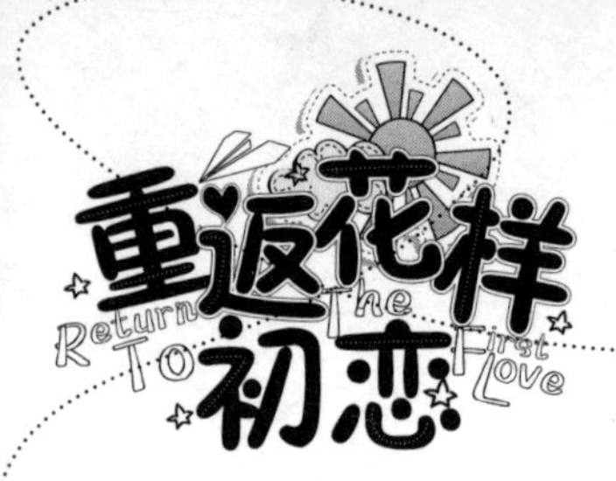

（一）

回到家的时候，我的心里仍然很郁闷，打开手机看了看，安逸轩没有再联系我。哼，不找就不找！我丢掉手机，窝在沙发上看电视剧，很火的一部台湾偶像剧，当年里面的男主可是把我迷得不要不要的，如今看来也觉得索然无味起来，尤其是想到10年之后他的种种绯闻。可是现在并没有什么事情好做啊，我开始怀念10年之后发达的网络，想要什么都可以很迅速地找到。

“宝贝，你不舒服啊？”吃饭的时候，妈妈看我无精打采的模样好奇地问，“这是怎么了，前几天不是很开心的吗？”

“哎呀，你看你天天做的菜，太素了，别说女儿不想吃，我也没胃口啊。”爸爸一边夹着青菜，一边抱怨。

“你这是怪我了啊？那你来做饭啊！”妈妈柳眉一竖，将饭碗重重放在桌子上。

爸爸立刻做出我错了的表情：“那个，亲爱的，我不是这个意思啊，我怎么会怪你呢，你也是为了我们的健康着想嘛，就是啊，天气冷，人就想吃点荤的啊。”

“行了行了，明天买点排骨好了吧。”妈妈妥协地说。

我一边夹着菜吃，一边看着吵吵闹闹的父母，心里想这就是所谓的俗世幸福吧，没有大富大贵，也没有轰轰烈烈，但是爸爸妈妈就这么恩恩爱爱了一辈子。如果我和安逸轩也能这样该多好，我只想要这样一种温暖平凡的小日子。

晚上临睡觉的时候，躺在床上看到了安逸轩给我发的信息，问我到家了没有。我想起他来就觉得郁闷，不知道他和雅伊怎么样了啊，我关上手机决定让自己冷静一下。我不喜欢这样的自己，不喜欢这样胡思乱想的自己，我更害怕会因此失去安逸轩，越是害怕，我反而越不知道该怎么跟他继续相处了，也许，大家都静一静也有好处。

外面天寒地冻的，我也懒得出去走，干脆就躺在家里过起了混吃等死

的日子。很快就到了春节，10年前的春节还是很热闹的，爷爷奶奶叔叔阿姨一家子聚在一起，话题无非就是家长里短那些事，大人们聊天，小孩子们就看电视玩游戏，我对这两个项目都没什么兴趣，干脆窝在不起眼的角落嗑瓜子。

“姐姐，你今年怎么这么沉默啊？”年仅6岁的小表妹坐在我身边问，顺便将我剥好的开心果一把吃了。

“哇，我剥了很久的啊，你一口全吃了！”我有点悲愤地瞪着她，不过我这个小表妹还真是女大十八变的典型，现在看起来胖的像一团肉圆，10年之后可是大长腿的美少女呢。

“姐姐，姐姐，电视里的女主角好漂亮。”小表妹根本不理我，继续吃着我的开心果和瓜子，还伸出胖乎乎的手指着电视机羡慕地说。

“不用羡慕，你长大了比她还漂亮。”我摸摸她的头，又捏捏她的脸，果然还是小孩子好玩点，长大了就没意思了啊，“过来让姐姐抱抱。”我将胖乎乎的表妹抱在怀里，她就趁机在我脸上亲了一口，真的是好甜蜜啊，10年之后她可再也不会这么粘着我了呢。

“希子果然是个大孩子了啊。”姑姑表扬似的看了我一眼，“知道哄着妹妹开心呢。”

“我说的是真的啊，姑姑你以后也会赚大钱的，你们还会去上海发展哦。”我眨了眨眼睛看着姑姑说。

“哈哈，真会说话，待会儿给你包个大红包。”姑姑喜笑颜开地说。

“谢谢姑姑。”我甜甜地笑着说，对于这种能拿钱的事，我向来最开心了。

午饭的时候，大家都坐在一起，吃着上午包的饺子，饺子里还会有意想不到的馅料，比如硬币啊，辣椒啊，芥末啊，糖啊，我看着一家人其乐融融的模样，心里也是感叹万千。10年之后太多物是人非，哪里还有这样聚在一起过年的日子啊？那时候姑姑去了上海，叔叔家也不常联系，逢年过节淡化到只是碰个面问个好，时代越来越发展，感情越来越淡薄。

“啊，好辣啊！”小表妹显然吃到了辣椒饺子，脸都憋得通红，眼泪都快下来了，姑姑连忙倒清水给她喝。

我看了看碗里的饺子，小心翼翼咬下去，哎呀好甜，竟是一颗糖果！虽然味道怪异，但至少不会难以接受。

“呜呜，姐姐吃到了糖，新年一定甜甜蜜蜜的。”小表妹看到我吐出来的糖果，很委屈地撒娇，“我也要吃糖。”

“傻丫头，吃一块糖拌番茄就不辣了。”我夹了块粘满糖的番茄塞到小表妹嘴里，心里却又想到了安逸轩，甜甜蜜蜜，难道会是我和安逸轩？

午饭后是自由活动时间，我带着一群孩子们出去逛公园买鞭炮，10年之前还可以到处放鞭炮呢！大街上满满的人，天气很冷，屋子外面结了厚厚的冰，小孩子们就在冰上玩起了滑冰游戏，我一边买东西一边看着他们

玩，倒也觉得充实。

晚上自然又是大吃特吃了一顿，然后围在院子里放鞭炮，放完鞭炮被大人们抓去看春节晚会。那时候我们晚上都不回家，就在奶奶家打地铺睡了，我虽然很多事记不清了，但是春节晚会的节目还是印象深刻的，所以看着看着就觉得无聊，我都可以背出下一个节目了，小品也没什么能让人发笑的地方，只是陪着大人们看。

小表妹年纪小，看了一会儿困了就开始闹人，我正好趁这个机会带她回房睡觉。小表妹躺床上一会儿就睡着了，我偷偷摸出手机看，安逸轩发了一条新年祝福给我，不过一看就是群发的那种。接近12点的时候，我的手机开始不停冒出祝福短信，我从中选了条不错的也群发回去，也算是回了安逸轩之前的短信吧。

过年之后我称了称体重，居然整整胖了五斤，于是为数不多的寒假时间都被我用来减肥健身了，该严格的时候我绝对不会放松，连学习我都能搞定还有什么做不到呢？于是我早上跑步晚上瑜伽，不仅将胖的肉肉减掉了，还让身体曲线更好看了，对着镜子里的自己，我终于满意了，所有的付出都会有回报，我不能让自己像以前那样懒惰。

我的转学通知也已经下来了，并不是跟安逸轩一个班级，而是和铃铛一个班。这样也好，距离太近也容易产生矛盾，还像以前那样偶尔见个面就不错，还能保持点新鲜感。不过圣约翰的确是个很严格的学校啊，才拿到入学通知，就被告知开学之后有测试，我只好又马不停蹄地开始复习，作为学生就这点不好，总是有考不完的试学不完的功课！

寒假本身就短暂，等我从题海里反应过来时，已经马上就要开学了。我知道对于转校生来说，开学的第一次测验很重要，而对于我来说，重要的不仅是测试，还有安逸轩。我忍了这么久没找他，就是想要在圣约翰给他个惊喜，所以别人都害怕的开学，我却充满了期待。因为对安逸轩的思念几乎将我淹没，好几次我都忍不住想要给他发信息，可是最后又生生停住。

（二）

转眼就到了开学。我知道一定会遇到安逸轩，这么久不见面，我一定要让他感觉我变样了。于是，一早就起来精心打扮自己，将已经长长的头发梳了个马尾，脸上淡淡用了点隔离霜，显得皮肤通透又亮白。圣约翰的校服很像欧洲贵族校园的校服，深蓝色带蕾丝花边的上衣和短裙，穿上就像个中世纪的小公主，再搭配一双简单的白球鞋，看着镜子里的自己，我点了点头，不张扬不平庸，与之前的自己相比有种脱胎换骨的感觉。

爸爸妈妈看到我的时候都忍不住惊讶了，妈妈不住地点头说：“我家宝贝真像我，漂亮啊！”

爸爸则是感慨地说：“宝贝真是长大了，我都觉得自己老了。”

“爸爸才不老呢，爸爸是我永远的大英雄。”我冲上去拥抱了爸爸一下，“妈妈是我永远的女神！”我也不忘了去拥抱妈妈，没有父母，永远不会有我的今天。

“行了吧，看你嘴甜的，你好好学习就行了。”妈妈嘴一撇，有点嫌弃地看着我说。

爸爸则偷偷塞给我50块钱：“宝贝，上学第一天，好好努力啊！”他冲着我挤眼睛说。

我心里一阵感动，我慈祥的爸爸啊，从小到大都特别宠溺我，我将钱放进书包里，可不能被妈妈发现，不然爸爸就又要挨骂了。

走在上学的路上，我觉得连风景都不一样了！为了缓解自己的紧张心情，我特意约了铃铛一起，就是不知道铃铛这个懒虫什么时候才能到。

站在圣约翰的门口，我差点忍不住大喊起来，我终于可以名正言顺来这里上学了，我终于不用再过翻墙的日子了！我再也不用去理熏怡然他们了！那些过去的时光已经彻底结束，我将在圣约翰开启我的新生！我张开双臂做出要拥抱的模样。

“希子啊，你来得真早。”一个带着困意的声音在我身后响起，然后就是几个呵欠，“原来你跟我一个班，我以为你会跟安逸轩一个班呢。”

“嘘，不许再提安逸轩！”我嘟了嘟嘴，心里很没有底气，这么久没联系安逸轩，不知道他有没有忘了我，不知道他有没有和雅伊在一起。我拉着铃铛的手，很兴奋地走向圣约翰的大门，这种感觉真是太棒了！“你怎么来这么晚，我在门口等了你大半天呢。”

“是你太积极了吧，9点报到，现在才8点40，你来那么早干吗。”铃铛伸了个懒腰，“时间那么快，寒假就这么结束了！”

我可没有铃铛那种遗憾的心情：“哇，我真的感觉很不一样呢，好像跟我当时来玩的时候完全不一样。”我忍不住左顾右盼，作为圣约翰的一名新生，我对什么都充满了好奇。

“你又不是没看过。”铃铛翻了个白眼，“当时你来的时候我都带你参观过吧。”

“那怎么一样，当时我光想着找安逸轩了，哪里注意到这些建筑啊，花草啊之类的东西。”我嘟了嘟嘴，怎么又提到安逸轩。

“好吧，你不用那么兴奋，还有很多时间看呢。”铃铛拉着我的手往教室走，“要不要我给你讲讲我们班的情况啊？我们班主任叫宗海，是个很有风度的中年男人，脾气很好，但是你也不能挑战他的底线。我们班在圣约翰属于中等偏上的班级，班长每次都能考第一，我们班的人也一直都保持在全校前50人里。”铃铛滔滔不绝讲起来。

“其实我对于那些东西都不太感兴趣，尤其是同学关系之类的，我只

想做好自己的事情。”我看着铃铛说。

“放心好啦，我明白你的意思，圣约翰还是个挺现实的地方，大家不太会管你人际相处怎么样，只要你成绩不差就行。”铃铛继续说，突然她暂停了一下，再开口的声音里是满满的笑意，“是安逸轩啊！”

听到安逸轩这个名字我就浑身打了个激灵，随即觉得全身都僵硬了，即便不回头都能感觉到背后针刺一般的目光，他一定在看着我。

“你们……”安逸轩的声音里充满了疑惑，还有着一丝惊喜，“希子？你转学来圣约翰了！”

我转身看着他，表情保持着冷漠——不能激动，不能让他觉得我看到他很开心。

“是啊，我是圣约翰的学生了。”我亮了亮校服上别着的学生卡。

安逸轩的表情很吃惊，嘴巴张得大大的，似乎一点也不顾忌自己的形象。他今天也是穿着天蓝色的校服，只是头发有点凌乱，脸上有种睡眠不好的疲惫感，那双眼神也没有了往日的神采。

“有什么好吃惊的，铃铛，走，我们去上学。”我拽着铃铛就要走。

铃铛有种蒙了的感觉，小声问我：“你和安逸轩怎么了啊？”

“你什么时候转过来的啊，在哪个班啊？怎么都不告诉我一声，我给你发了很多信息，你都不理我！”安逸轩跟在我身后问，声音是满满的委屈。

“我干吗什么事都要告诉你，你是我什么人啊？我寒假很忙的啊，都没怎么看手机。”我保持着平静的态度回答，语气中是满满的疏离感。

“可是你……”安逸轩紧紧跟在我的身后，“你怎么都该告诉我一声的啊！”

“不好意思啊，你的班级好像不在这边，你快去报到吧，开学第一天迟到可不好。”我站在楼道里冷静地看着安逸轩说。

安逸轩瞪大眼睛看着我，表情是满满的不可思议。

“那个，还真的是快到时间了呢，呵呵，希子现在和我一个班，那个，要不然我们放学见？”铃铛站在旁边无比尴尬地说。

我拉着铃铛的手就往教室里走，丝毫也不理会留在原地的安逸轩。此时此刻，我的心里竟然有了一种报复的快感，尤其是想着他那副不仅惊讶又委屈的表情。可恶的安逸轩，你也会有这种挫败的时候啊！同时我心里也很纠结，这样冷地对待他，会不会把他推得更远呢？

“你们两个到底怎么回事啊？”铃铛苦着张小脸看着我，“真是奇怪，你不是为了他才转来这里吗？你好不容易进来了，怎么这么对他啊？刚才真是尴尬死了。”

“没怎么样啊，我是喜欢他，可是有句话叫君既无心我便休你懂不懂，新时代的女生不能一棵树上吊死。”我点着铃铛的头说。

铃铛还想再说些什么，这时候班主任来了，她也只好立刻闭嘴。第一

天报到并没有什么事情，也就是像大家介绍介绍我，讲讲新学期的畅想，通知下测验之类的，然后就放学了，第二天才是真正开始上学的日子。

我偷偷看着自己的手机，从上课开始，我的手机就一直收到安逸轩的短信，全部都是问我为什么转学来圣约翰啊，为什么不理他啊之类的。我关了手机继续不理他，他还没意识到我究竟在意什么吗？我这么喜欢他，他还需要问我为什么吗？

“沙希子同学，圣约翰是个很严格的地方，和你之前的学校不同，作为新学生，你要更加认真才行，要努力赶上同学们的进度。”班主任宗海也许注意到我在看手机，特意又加了一句。

我觉得同学们的眼光瞬间集中在自己身上，我的脸不由变得通红，连连点头回答知道啦，同时将手机关机。我可不想第一天就让自己成为焦点啊，只是我的这个想法还是错了，因为放学的时候，我看到安逸轩就站在我班级门口。

（三）

我还在收拾东西的时候，就看到安逸轩面色不善地站在我们班级门口，引得同学们不住窃窃私语，与安逸轩比较熟的已经开始同他打招呼。

我故意慢腾腾地坐着，铃铛已经扶额叹气，我感觉到安逸轩的目光牢牢锁在我的身上。

同学们再笨也能发现安逸轩是在看我，我装傻也没什么用，只好拖着铃铛往外走，铃铛露出一种生无可恋的表情。

“你和安逸轩的事一定要扯上我吗？”铃铛在我耳边哀号。

“难道你要不顾义气地丢下我？”我气哼哼地紧紧抓着她的手不让她有逃跑的机会。

“哎呀，安逸轩，你是来看我们班新生的吗？”有同学笑着问。

“沙希子今天才来，就认识安逸轩啊？”

“听说他们两个之前就认识啦，不知道她以前怎么来的我们学校。”

“那她和安逸轩是什么关系啊？”

同学们的八卦真是很精彩，我皱了皱眉头，果然还是成为了焦点啊，绯闻女主角的感觉一点也不好。我气呼呼瞪了安逸轩一眼，语气冷冰冰地问：“你到底想干吗啊？”

安逸轩似乎很生气，望着我急躁地说：“这句话应该是我问你吧，为什么突然不理我？为什么转学来都不告诉我！”

“真奇怪，我一举一动全部都要告诉你吗？”我翻了个白眼，拉着铃铛继续往前走。

“你要是生气，是不是也可以告诉我你生什么气啊？之前都好好的

啊，为什么突然这样？希子，你不要不理我啊！”安逸轩在我身后一边走一边说。

我真有种头大的感觉，拉着铃铛越走越快：“我可不想成为大家的焦点，你别老跟着我。”

铃铛被我拉着跑出校园，上气不接下气地说：“你们两个闹……能不能别拉着我！”

“我没闹啊，只是暂时不想理他。”我噘着嘴回答，心里的气还没消下去。

“好好，你们两个人啊，真是奇怪！”铃铛摇了摇头表示不理解，“感情真复杂，我还是去吃我的炸鸡腿吧，你要不要一起？”

“不要，小心胖死你，我要回家看书了。”我冲着铃铛摆了摆手。

“好啊你，说我胖！看我下次还帮不帮你了！”铃铛假装生气地说。

“拿你没办法，陪你去买，不过我可不吃。”我掐了掐铃铛的胖脸蛋说。

铃铛笑呵呵拉着我走：“不吃也可以，请客也可以啊。”

“别说，还真是有钱。”我拿出爸爸早上给我的钱买了一个炸鸡腿和一个炸鸡翅，铃铛吃鸡腿，我吃鸡翅，也没什么形象可顾，我们两个人就蹲在地上啃起来。

“这里的炸鸡腿真好吃。”铃铛吃得满嘴油。

我跟鸡翅做着搏斗："还是鸡翅有意思，鸡腿都是肉。"

"希子，是你啊！"牧野歌充满惊喜的声音在我头顶响起来。

我嘴里的鸡骨头差点咽了下去，我抬头看着牧野歌，心想自己现在这副模样被他看到真是丢脸，估计他再也不会喜欢我了吧。

"希子啊，你今天第一天到圣约翰，感觉怎么样？"牧野歌似乎一点不介意，还拿出纸巾递给我让我擦嘴。

我平静了下心情才说："还可以啊，没什么不适应的，而且还没正式开学啊。"

"那就好，以后有什么事，还是可以找我的。"牧野歌的笑容有点勉强，"我总是会在你身边陪着你的。"

"谢谢你的好意，我真的不需要，你也好好加油啊！"我又随便啃了几口鸡翅，就拉着铃铛回家了。

铃铛一边走，一边羡慕地说："你啊你，还有这么一个大帅哥追你啊，他一点也不比安逸轩差，你对安逸轩这么冷淡是不是因为他啊？"

"你傻啊，没看到我刚才都不想理他吗？"我敲了敲铃铛的头，"你不用羡慕我，你以后老公可优秀了，你现在好好学习就行了。"

"希子啊，你怎么跟个预言家一样，还知道我以后老公什么样？"铃铛眨着眼睛不可思议地看着我，"你不是受刺激了吧？"

"哎呀，以后你就明白了，现在乖乖回家吧，明天正式开学哦，还有

测试呢，可不能掉以轻心！”我做出一个加油的手势说。

“你是不想考不好丢脸吧。”铃铛朝我做了鬼脸。

我的确是怕丢脸啊，尤其是在安逸轩面前，我不想比他差，我不想让他觉得我不够优秀，我费了那么大的努力才进了圣约翰，我想和他站在同一个起跑线上，而每一次的测试都至关重要，因为每个人都在比较成绩。

圣约翰的出名不是浪得虚名，第一周上学已经让我颇为费力，不仅课讲得快、难，考试也是三天一小考，五天一大考，我暂时就更没什么心思理安逸轩了，基本都在努力适应新的学习环境和进度，还有新的同学关系。这里是全新的开始，我以前的记忆再也不能帮我做什么了，而以我现在26岁的脑子开始学习思考，也觉得还是很吃力的。

最初的忙乱过去后，我逐渐适应了这里的快节奏学习生活，也适应了各种考试，幸好有铃铛这个好友陪着我。要知道圣约翰的同学关系比瑟约要淡漠很多，也许都是学习成绩好的孩子，天生就带着竞争关系，他们不太会三五成群的结伴做什么，以前常听老师说竞争激烈的学校很难找到朋友，现在看来是真的如此啊！我之前虽然翻墙过来，但总归是没有参与进来，所以现在的我还是会怀念瑟约的生活，包括让我讨厌的熏怡然。

“铃铛，铃铛，你出来下，我有事找你。”安逸轩突然出现在教室门口，他朝着铃铛喊道。

铃铛看我一眼，似乎在征询我的意思。

“他喊你你就去嘛，看我干吗？”我埋头看书，努力克制着去看安逸轩的欲望。

铃铛迅速跑了出去，过了一会儿拿着一袋子零食进来了，她坐在我身边笑呵呵看着我说：“你还和安逸轩闹别扭呢，他送了我好多好吃的，让我们中午去看他打篮球。”

“就知道吃。”我嘟了嘟嘴，看了零食袋一眼，他还知道走迂回路线啊，我不理他他就找铃铛，还真是跟以前一样，以前我生气不理他的时候，他也是找铃铛帮忙，“你可不许被他收买了。”

“我是那样的人吗？”铃铛一脸正义地说，可是说完就撕开一袋薯片开始吃起来，“中午一起去看他打球吧。”

“你去，我不去。”我瞪了铃铛一眼。

“你们两个真好笑，怎么好像反过来了一样，以前你天天找我想见他一面，现在他天天找我想和你和好，你说我算不算你们的大媒人啊？”铃铛一边吃一边笑。

“当然不算了，媒人是介绍人，我和安逸轩又不是你介绍的，要不你给我介绍个别的帅哥啊？”

“饶了我吧，让安逸轩知道还不杀了我，安逸轩人挺好的啊，你就别闹别扭了，要能放能收啊，做人要大度。”果然吃人嘴短，铃铛开始不遗余力地说起安逸轩的好话来。

“我就是个小心眼的人，你都不知道寒假发生的事！”我嘟了嘟嘴，满心委屈，“我不知道他到底把我当什么人，你知道雅伊吗？一个曾经追求过他的女生，他们一直有联系。”

“啊，雅伊啊，我知道，长得很漂亮的，可是他们应该没什么吧，雅伊喜欢他全校都知道啊，他们要是有什么早就有了啊，还轮到你吗？”铃铛大咧咧地说，“你肯定是误会了，他们是同学，认识或者有联系也正常吧。”

“我不管，反正我就是不开心。”我噘着嘴回答。

“好啦，中午一起去看他打球，你也得给他个解释的机会吧，以前翻墙都要来看他打球，怎么如今可以名正言顺看了反而这么多别扭，你累不累啊？你就真不想看他啊？”铃铛语重心长地说。

“好好好，中午陪你去看他打球。”我捂着耳朵不让铃铛继续说下去。

（四）

中午休息的时候，铃铛一直跟着我，吃完饭就拉着我往操场走：“走快点走快点，都开始一会儿了呢。”她一边走一边催。

“刚吃饱饭，不能走太快！”我揉着肚子假装不在意地说。

初春的太阳暖融融的，照在人身上有种妥帖的温暖感，隔着很远的距离，我就看到了操场中奔跑着的安逸轩。一身白色的球衣，但那神情却一直在走神，直到他看到我，那张满是情绪的俊颜笑了起来。

我心念一动，任由铃铛拖着我走到操场边坐下，我安静地看着安逸轩，安逸轩开始卖力打球，跟刚才的漫不经心完全不一样。而且他总是在看我，每一次成功进球后，他都会看着我微笑，那微笑就像春天的暖风，吹得人很舒服又觉得痒痒的，我心里的气不知不觉就消失了大半。女生啊总是容易心软，我不知道我的感觉是不是对的，我也不知道安逸轩这样是因为在乎我，还是因为我突然不理他。

女生们的欢呼声依旧很大，安逸轩却只顾着向我看过来，不得不说我还是有点虚荣心的，铃铛在我身边也很兴奋的模样，我轻轻笑了起来。安逸轩在操场上看到我的笑就更开心了，球也打得越发卖力。

“安逸轩，你好厉害啊！”雅伊的声音突然出现。

我看了雅伊一眼，脸上的笑容顿时消失了：“不看了，我们回去吧。”我不等铃铛说话就硬拉着铃铛离开。

“希子，你怎么啦？”安逸轩将球扔给同伴跑了下来拦住我。

“不怎么，不想看了，我要回教室。”我气呼呼地说。

“刚才不好好的吗？我们别吵架好不好？”安逸轩的声音软了下来。

打球的人都停了下来，那些围观的同学都好奇地朝我们这边张望。

“我做什么事让你不开心了吗？”安逸轩小心翼翼地说。

“哇，那女生是谁啊，敢给安逸轩脸色看啊？”

“为什么安逸轩一副很温柔的样子啊！”

窃窃私语的声音在我耳边响了起来，我闷闷不乐地看了站在不远处的雅伊一眼，雅伊咬着嘴唇挑衅似的回看着我。“我就是不想看你打球了。”我拉着铃铛就走。

铃铛一边被我拽着走，一边还在频频回头：“你这是怎么了啊？刚才不是好好的吗？看到雅伊不用这么大反应吧！”

“哪有那么多话啊！”我嗔怪地看着铃铛说。

“你真是的，刚才为什么不去问清楚呢？干吗要走呢？”铃铛坐在教室里拿头磕着桌子，“你这样走了算什么啊！”

“哎呀，你能不能安静点啊？我心里很乱！”我没好气地说，拿起一本书看起来。

“你别生气啊，我还是觉得安逸轩和雅伊没什么，安逸轩那么优秀，我们学校一大半的女生都喜欢他，这有什么啊！至于你说的表白，据我所知每隔三四天就有人跟他表白啊，咱们班都有人去表白呢，没听过安逸轩答应谁了啊！”铃铛还是不遗余力地为安逸轩说好话。

我捂着耳朵趴在桌子上，不是我不想相信安逸轩啊，而是安逸轩也曾经说过他高中时期的往事，他交往过的女生，我怎么可能不在乎呢？

“沙希子，你跟我出来！”我只觉得手臂被一个人用力拽了起来。

“你干吗啊！”我惊呼一声，安逸轩竟然冲进了我们班将我硬拽了出去，“你放开我，你想干吗啊！”我惊讶喊道。

“你跟我来，我们必须说清楚！”安逸轩拉着我一直走到一处比较僻静的地方才放开我，他身上还穿着运动服，脸上挂着汗珠，他黑曜石一般的眼眸定定地看着我，表情很认真。

“你想说什么？”我转过身背对着安逸轩，语气里有一丝委屈。

“你是不是因为雅伊，所以生气？”安逸轩站在我面前，强迫我看着他，“我早说过我和她没什么，我从来没接受过她，我压根也不喜欢她啊！”他一脸着急，“你要是不喜欢她，我以后再也不和她联系了，好不好？”他的表情很真诚，仿佛真的害怕我不再理他。

“我……”我看着安逸轩认真又担忧的表情，眼眶不由自主就红了，我的心里有那么多害怕，那么多不确定，我有多爱他就会有多恐惧，可是我现在才发现，原来安逸轩也同样是在乎我的啊！看着他，我脑海里想起了很多往事，他对我是那么的好，我们两个人走的那么难，他却一直在努力，我们在一起那么久，他为我改变那么多，我是不是一直都误会他了呢？才以为他对我的爱不够深不够多。

“你别哭啊，对不起，都是我的错，是我让你难过，我真是笨，一直

不知道你为什么生气！”安逸轩看到我一副要哭的表情，顿时更着急了。

“傻瓜……谁让你那么优秀，追你的女生那么多，我算什么啊。”我低下头，眼泪不受控制地流出来，我真想说出一切真相，我是有多么不容易才回到16岁，才重新遇到他，我们曾经那么相爱，他曾经那么爱我……

“你才是傻瓜，喜欢我的人再多我也不在乎啊，因为我只喜欢你！”安逸轩握住我的肩膀，将我搂在怀里，“对不起，我保证再也不会让你伤心了。”

“讨厌，学校里面搂搂抱抱的！”我推开安逸轩，扑哧一声笑了起来，心里充满了愉快，好像浸润在粉色爱心泡泡里。隔了10年的记忆啊，我终于早了10年和安逸轩在一起了，那是不是再也没有其他女生的事了呢？

“你看你，又哭又笑的，叫我一点办法也没有，你是不是给我施了魔法啊，让我总是想起你！”安逸轩摸了摸我的头发，语气有一丝无奈的宠溺。

“哼，分明是你给我施了魔法！”我用力掐了他的胳膊一下，“你害的我茶饭不思，连觉也睡不好。”真遗憾现在年龄小，还没办法扑上去咬他一口，我总觉得现在要狠狠咬他一口才算解气。

“你真是让我没办法，晚上请你吃饭补偿好不好？”安逸轩笑嘻嘻说道，“再叫上铃铛，放学一起走！”安逸轩摸了摸我的头，“乖乖上课去。”

我笑眯眯回到教室，铃铛看我的表情就明白我和安逸轩是和好了，她松了口气，似乎比我还开心：“你们总算是和好了吧，安逸轩真有本事啊，哄得你这么开心啊。”

“嘿嘿，晚上一起走啊，他说要请我们吃饭呢。”我有点不好意思，红着脸小声说。

“哇，太好啦，安逸轩万岁！”铃铛听到请吃饭就更兴奋了，幸好我在说最后一句话的时候捂住了她的嘴，不然我可是要成头条了啊。

放学的时候，安逸轩在校门口等着我和铃铛，铃铛吵着说要吃馄饨。

“我知道一家馄饨特别好吃，带你们去吃吧。”安逸轩心情很好地说，走着走着他突然拉住了我的手，“我觉得还是拉着你比较有安全感。”

我看着安逸轩那副紧张的模样，就想笑：“我又不是小孩子。”

“可是你比小孩子还容易生气！”安逸轩嘟了嘟嘴，那副表情太卖萌了，我忍不住掐了掐他鼓起的腮帮子。

“你们两个够了吧，在我面前这样秀恩爱，我看我不吃都饱了！你们两个也不看看，你们能在一起是由于谁啊？是谁帮希子爬墙啊，是谁带希子去看打球啊！”铃铛在一边抱怨地说。

“都是因为我们厉害的铃铛大人啊，一会儿给你加个鸡蛋再加个烤

肠！”安逸轩难得奉承地说。

“哈哈哈，谢谢啦！”铃铛冲着我直眨眼睛，口水都似乎快流下来了。

“能不能有点出息啊！”我叹了口气。

“那再加个鸡腿吧。”铃铛看着安逸轩说。

“没问题！”安逸轩牵着我的手笑着回答。

看着铃铛和安逸轩，我心里有种深深的满足感，好像人生都就此完整了。我不停地祈福着，希望那个噩梦般的女生，再也不要出现，可是命运的安排，我能躲得过去吗？

第十章 10

尘埃落定的幸福

（一）

在圣约翰的日子因为有了铃铛和安逸轩的陪伴而显得多姿多彩，我本身也不是在乎流言蜚语的人，只要我的成绩没问题，相信老师们也不会怎么样。我现在觉得每天都很幸福，幸福得有种不真实感。

“希子，我买了酸奶给你喝。”课间休息的时候，安逸轩拿着一瓶酸奶跑来送给我。

我有点不好意思地接过去，脸上泛着微红：“谢谢你，下次不用特意送过来啊，我们可以中午见嘛。”

“我想早点见到你啊，中午一起吃饭。”安逸轩看着我一脸认真地说，他的眼睛闪闪地发着光，白色校服穿在他的身上显得有种特别的味道，让我想起校园民谣里那些白衣翩翩的少年。

“我有那么帅吗？你一直盯着我看？”安逸轩挑了挑眉，嘴角含着温柔的笑，“真是个小花痴。”他揉了揉我的头发。

我撇撇嘴低头喝酸奶：“还是酸奶好喝，你有什么好看的，自恋。”

“回去上课吧。”安逸轩拍了拍我的肩膀，“好好听课哦。”他的表情很宠溺。

我喝着酸奶回到教室里面坐好，铃铛在一旁噘着嘴瞪我：“真是羡慕，居然只有你的，都没我的份。以前他求我的时候天天给我买好吃的，真是忘恩负义，哼。”

“你啊你，怎么这么小气，他哪次有好东西少了你啊！”我咬着吸管，点着铃铛的笔记本，那笔记本上画着最出名的韩国偶像写真，是安逸轩买来送给铃铛的。

铃铛摸着笔记本还是不服气的表情：“没有我，你们两个怎么在一起的啊。”

“乖啦，中午请你吃鸡腿。”我笑眯眯地说。

“这还差不多。”铃铛满意地点了点头，接着感叹了一句，“我什么时候才能遇到我的真命天子呢？”

“不要急，慢慢来，你还早着呢。”我看着铃铛说，“每个人的机遇不一样啦。”

“哎呀，一会儿就要发测验成绩了，我突然有点紧张？”铃铛一脸忐忑地说。

“应该没什么吧，不会差的，放心好啦。”我安慰着铃铛，我感觉这次的测试并不很难，应该不会考得太差。

果然课上发测试成绩的时候，我和铃铛都在前十名以里，班主任象征地表扬了我几句，我小声跟铃铛说：“这次安逸轩应该考得也不错，我们三个一起学习，肯定不会差的。”

铃铛开心地看着试卷一直点头：“安逸轩指点过的地方都考到了，学霸就是厉害啊，下次要继续请教他。”

中午放学的时候，安逸轩已经在我们班级门口等着了，我拉着铃铛跟他一起去食堂，一路上都觉得有不少眼光如刀似剑地射向我，尤其女生。我想我不就是和安逸轩走的近点嘛，至于这样吗？这些女生啊！我当年大学和安逸轩在一起的时候都没这么夸张。

“希子希子，你请我吃鸡腿！”一走进食堂，铃铛就抓着我的胳膊使劲地摇，“我要在一楼吃。”

“好好，我去买饭，今天我请客。”我大方地摇了摇饭卡，“谁也别跟我抢！”

“好，那我就混饭吃啦，我要吃鸭腿。”安逸轩好笑地看着我说。

我跑去打饭，这时候听到一个女生说：“安逸轩女朋友似乎很一般嘛，比不上某某嘛，听说某某放话要追安逸轩啊。”

“管这些干什么啊，反正我又追不到安逸轩。”

我的心里一沉，有种莫名的担忧感又浮现出来，不过我劝告自己不要想太多，我已经和安逸轩在一起了啊，不要胡思乱想。

“希子，你怎么了啊？”安逸轩看我心不在焉的模样，担心地问。

“没有什么啊，吃饭吃饭。”我眨了眨眼睛，大口吃着东西。

“希子，你好像突然就不太开心的样子啊。”铃铛咬着鸡腿看着我问。

“专心吃你的饭吧。”我瞪了铃铛一眼。

我该怎么告诉他们我此时的担忧呢？也许现在太幸福，所以才会有担心，我好不容易失而复得，我很怕会失去……

“希子，不管发生什么，我都会陪着你的，你不要管那些流言蜚语，我心里只有你。”安逸轩突然握住我的手，在我耳边低声说道。

“知道啦。”我不好意思地笑了笑。

以前一直不知道高中就和安逸轩在一起是什么感觉，现在终于明白了，就是吃吃喝喝加学习。我们两个人在一起，不是吃东西就是研究考题，毕竟对于考试多得吓人的圣约翰来说，也没什么其他娱乐项目了，精力有限也无暇去想其他东西。

“希子，走，我们去小卖铺买点零食吃。”安逸轩又站在教室外面叫我。

“去吧，记得给我买辣条。”铃铛一边背着书，一边跟我说话。

“知道啦。”我笑着打了铃铛的额头一下，跑出去跟安逸轩散步到小卖部买东西，圣约翰里面的小卖部有很多好吃的东西，这点可比瑟约好多了。

我在小卖部里挑了几样零食，安逸轩去付了钱，然后我们再回教室。从小卖部到教学楼之间有一个类似小花园的地方，虽然很小但布置的很精致。

“嗨，你好啊。”突然冒出来的一个女生挡住了我们的去路，我定睛一看，竟然是馨檬！她明显憔悴了很多，大眼睛下有一些乌黑，黑长直的头发随意披在肩上，却依然美丽，也许因为那一点点憔悴，反而让她有种我见犹怜的吸引力。

“可以交个朋友吗？”她的眼睛直直看着安逸轩，嘴角洋溢着自信的微笑，她拿出自己的手机继续问，“我叫馨檬，是四班的，可以留个联系方式吗？”

馨檬完全无视了我，只是直勾勾看着安逸轩，而安逸轩明显愣住了，我的心情跌到了谷底，手一松，零食全部掉在了地上。

“不好意思，我不认识你，也没什么兴趣认识你。希子，你没事吧？”安逸轩很冷漠地对馨檬说，然后关心地看着我，帮我捡起地上的零食。

我的脸色很难看，咬着嘴唇不说话，馨檬轻松一笑，自顾自离开了，她的笑容落在我的眼里仿佛是一种挑衅。

“希子，你不要胡思乱想，我根本不认识刚才的女生。”安逸轩也许察觉出了我的情绪，摸了摸我的头发安慰我说。

我勉强笑了笑：“我知道，你不用担心，我不会乱想的。”我应该相信安逸轩啊，自从知道我因为雅伊不开心后，他就再也没有见过雅伊了，雅伊也完全消失在我们的生活中，可是馨檬……馨檬不一样啊……我真的可以无视她吗？

（二）

“希子，你真要知道我交往过多少女朋友啊，那可有点数不过来哦。”安逸轩一脸坏笑地看着我，“从初中开始，怎么也有六七个吧。”

“啊，那么多，花花公子，说说最刻骨铭心的啊！”我气呼呼瞪着他，好像打翻了醋罐子。

“刻骨铭心啊……高中时期交往了一个，谈了四年，名字很有特色哦，叫馨檬，每次喊她名字的时候就想起柠檬。”安逸轩似乎陷在了回忆里。

我噘嘴表示着自己的不满：“哼！”

“傻瓜，那都是我过去的事了啊，我现在最爱的人只有你啊！”安逸轩一把将我抱在怀里。

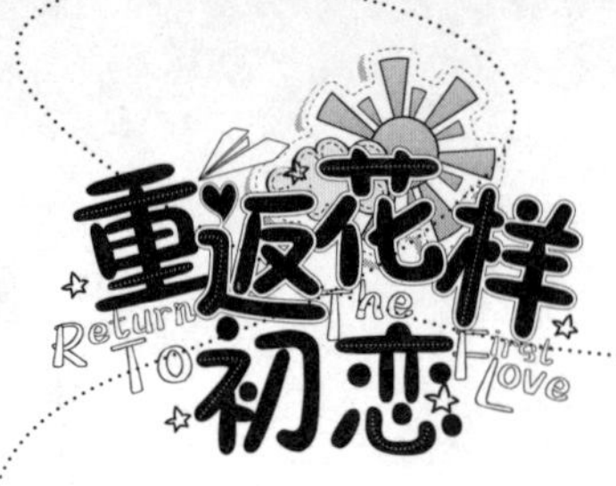

“真的吗？”我在安逸轩的肩膀上重重咬了一口。

“哎呀，疼，当然是真的！”他捧起我的脸重重吻了下去。

我一度以为，馨檬真的是个过去时……只是没想到，最后安逸轩会因为她和我分手，安逸轩最爱的女人，是馨檬吧！

晚上，我躺在床上辗转反侧，曾经的回忆弥漫心头，怎么也挥之不去，即使我努力说服自己，但那担忧反而更加强烈，或许不只是担忧……如果安逸轩最爱的人真的是馨檬，馨檬也那么爱安逸轩的话，我是不是个小偷呢？偷走了属于他们的爱情……

“希子，对不起，我想我要冷静一下，好好想一想。”安逸轩冷峻的面容那么残酷，那么遥远。

“冷静？你是要跟我分手吗？因为馨檬？因为那个高中女朋友？”我强忍着眼泪看着安逸轩。

“希子，我觉得我们暂时分开一下，也是有好处的。”安逸轩咬了咬唇，表情有些无奈和纠结。

“好，分手就分手。”我决绝转身离开，然后泪如雨下。

我睁开眼，眼泪依然不争气地流了下来，润湿了我的枕头。我那么爱安逸轩，真的不想失去他，我回到16岁，我先一步认识他，我先一步和他在一起，历史是不是可以改变呢？不是有人说过，恋爱中的女人都是自私的吗？

馨檬像个无法预知的角色，插在了我和安逸轩的生活中，她似乎无处不在，总能有各种理由和安逸轩搭上话。即使我在安逸轩的身边，她也熟视无睹，即使安逸轩冷冰冰不理睬她，她也满不在乎。

我看着这样强势的馨檬，反而沉默起来。很多时候，她出现的时候，我都静静地站在一边。我不知道为什么，即使我有这个身份去阻止她，但是我没办法做到，我突然有种奇妙的感觉，当年的安逸轩是不是也被这样自信热情的馨檬吸引，是不是也爱上这样的她……

“希子，你怎么了啊？”我的沉默连铃铛也看出不妥来，她担忧地问我，“那个馨檬，明明知道你和安逸轩在一起了，还那么明目张胆，你怎么也不采取措施啊？雅伊那件事，你不是处理的很好吗？”

“铃铛，馨檬和雅伊不一样。”我低声回答，然后就继续沉默着。我曾经以为我回到16岁，比馨檬早一步认识安逸轩，就绝对不会给馨檬机会，我就会用各种手段阻止馨檬，但是馨檬真的出现了，我竟然有种无能为力的感觉。

“安逸轩，我看到你的篮球已经用很久了，所以特意买了个新的，你看，可是乔丹同款哦！”中午安逸轩在打球的时候，馨檬抱着一个篮球兴冲冲出现，她换了一件和安逸轩同款的运动服，头发盘起来，站在篮球场上有种飒爽英姿的感觉，“我也会打篮球的哦，和我切磋一下？”

“我们都是男生，你可以找女生打。”安逸轩面容冷静，不太想理馨檬。

“怎么了，性别歧视啊？同学们，你们说，是不是因为我是女生，你

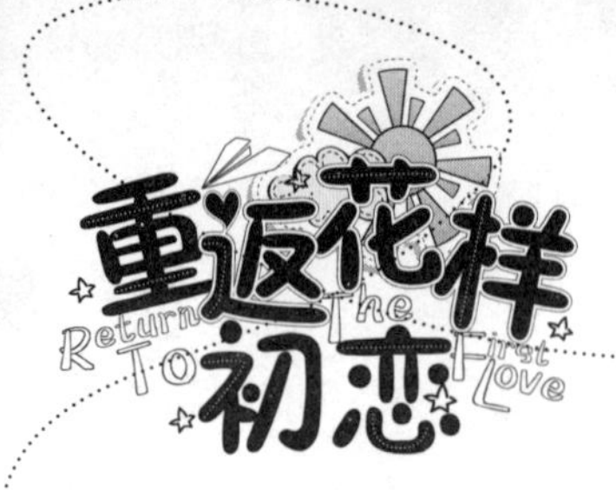

们就不带我玩了？”馨檬皱了皱眉，转过身看着安逸轩的队友们说。

“没有啊，女生也可以啊，就怕你跟不上我们的速度。”男生A笑着说。

“那试试才知道！”馨檬很自信地说，随后将球抛向篮球框来了一个定点投篮，竟然投中了。

“哇，看起来有两下子，逸轩，一起玩嘛！”那群男生们纷纷表示愿意让馨檬加入，馨檬笑嘻嘻看着安逸轩。

安逸轩冷着脸点了点头，随即很抱歉地看了我一眼，我立即回他一个微笑。安逸轩在打球中尽量不和馨檬接触，可是馨檬就是围着安逸轩打配合，安逸轩和馨檬你来我往地传球，那画面，真是郎才女貌的般配，看得我的心里不住冒酸水。

“你的篮球打得很棒。”赛后，安逸轩对着馨檬夸奖说。

“还可以吧，不知道下次有没有机会做你的队友？”馨檬很直接地问。

“当然，欢迎。”安逸轩点了点头，表情很淡然，说完就朝着我走过来，带我去吃东西。

“你们两个好有默契的感觉啊。”我若有所思地说。

“你啊你，不许胡思乱想，你不喜欢，我以后不和她打球了。”安逸轩揉了揉我的头发说。

“没有啊，我又没说什么啊。”我笑嘻嘻回答，也许该来的，总会来，不是每个人都是可以强制不出现的。

“哎呀，今天吃饭的人好多，不介意我们一起坐吧？”馨檬端着饭菜走到我们的桌子旁，眼睛直勾勾看着安逸轩问。

“呃，好吧。”安逸轩有点无奈地点了点头。

“今天的鱼很棒，你要不要尝一尝？”馨檬坐在安逸轩的身边问。

“不用了，谢谢。”安逸轩刻意挪动了下身体，和馨檬拉开距离。

“我吃饱了。”我实在没什么胃口吃东西，尤其是看着这么主动的馨檬。

“我也吃饱了。”安逸轩立刻接着我的话说。

“对了，安逸轩，我知道下周有个跟外校的篮球联谊比赛，你们篮球队想参加吗？我觉得我们学校也就是你们队最有资格参加，这件事正好是我们外联部联系的，如果你想参加，我们来聊一聊啊。”馨檬突然抛出这么一句话。

“篮球比赛啊，是每年一次的六大高中校篮球比赛吗？听说第一名的球队有资格去国家篮球队参观呢。”安逸轩似乎被吸引了。

“是啊，就是这个。”馨檬的语气淡淡的，似乎并不是特别想邀请安逸轩。

我看了安逸轩一眼，他明显很心动的模样，馨檬的态度越是这样淡淡，他就越想了解的多一点，我咬了咬嘴唇站起来说：“你们聊吧，我先回班了。”

“那你小心一点。”安逸轩犹豫了一下，看着我说。

我慢慢离开，听着馨檬和安逸轩热烈讨论着篮球的事情，不得不说馨檬真的很有手段，安逸轩感兴趣的事情她似乎都插的进去。我作为一个旁观者，看着她的种种手段，却丝毫没办法，也许我到底不如她那么热情，那么自信，那么志在必得。安逸轩喜好的东西，我似乎都没有怎么接触过。

因为有了篮球赛的借口，馨檬就有了名正言顺接近安逸轩的机会，安逸轩为了篮球赛自然也不会不理馨檬，他们几乎除了上课时间就聚在一起，有时候是整个篮球队的人都在一起，有时候是馨檬和安逸轩。虽然安逸轩会拉着我，但是看着他们两个人讨论得热火朝天，我却一句也插不进去，我不太懂篮球赛，不知道怎么拉资源，不知道怎么定策略，也不知道其他高中校的篮球队情况，我只能沉默地看着馨檬将那些资料如数家珍。

“希子啊，你也不去管管安逸轩，我觉得馨檬最近和他走太近了。”铃铛都看出了异常。

“我怎么管呢？六校联谊的篮球赛，那么重要，第一名还有机会去国家篮球队玩，我怎么阻止？”我无奈苦笑一笑，“馨檬那么了解其他高校篮球队，又那么懂打篮球定策略，还懂得找体育老师，她那么能干，我能怎么办？”

“哎呀，这可不像你！我们希子漂亮又聪明，馨檬可比不上你！放心好啦，我也是杞人忧天，安逸轩那么好，怎么可能移情别恋啊，也就是篮球赛的事，我的话你别往心里去，也不许胡思乱想，要是安逸轩敢对不起你，我绝对不会放过他的！”铃铛拉着我的手大大咧咧地笑着说。

“放心好啦，我明白的，你不用担心。”我安慰着铃铛，可是心里的感觉那么强烈，我该怎么告诉自己不要担心呢？

（三）

因为篮球赛在即，安逸轩也忙碌起来，自然很多时候顾不上我了，我也不刻意去找他，不想让他觉得我讨厌。我很怕失去他，可是我又怕自己事太多会让他讨厌我，我只能远远看着他和馨檬的忙碌，帮不上忙。

“宝贝，你最近怎么了，学习太累了吗？”妈妈看我瘦了一圈的模样很心疼，买了很多好吃的天天给我做。

“哎呀，早说过圣约翰学习很辛苦的，不过女儿进来了就要加油啊！”爸爸虽然也心疼，但还是以鼓励教育为主。

“放心好啦，你们的宝贝可是打不死的小强！我一定能应付的。”我拍了拍胸口，表示自己现在学习完全没问题。

“希子啊，你最近都瘦了，吃饭也吃那么少，安逸轩就那么忙啊，以前也忙啊，还有时间来找你，现在怎么都不来见你了。”铃铛既担心又有点气愤地说。

“他们现在除了学习就是练习，学业和篮球两不耽误本来就很难，而且老师也表示了对于圣约翰来说学业更重要，他们就只能抽那点可怜时间练习，当然会很累了，没时间理我也正常，你不要那么生气了。”我捏了捏铃铛的脸蛋说。

“幸好马上就要比赛了，比完就有时间啦，到时候你们就可以在一起了，一定要叫安逸轩好好补偿你！”铃铛恶狠狠地说，“还有我！”

“你啊！”我无奈地笑着说，同时也在心里安慰着自己，也许篮球赛之后就会好了呢，也许真的是我自己多想了呢！

篮球赛前几场我们校果然一路凯歌，杀入决赛，很快最终的决赛就要到来。决赛定在周日，我一早就来到比赛场上给安逸轩加油，可是安逸轩没什么时间理我，只是跟我打了个招呼，安排我在观众席上坐定，其他时间都是和馨檬在聊着什么。我坐在观众席上，看着他们两个人，心里觉得好痛，他们真的很般配。

“圣约翰的队长好帅啊，他旁边是他女朋友啊，真是般配啊，听说这次比赛他女朋友付出了很多，不容易啊。”

“馨檬吗？她的确很厉害哦，她特别喜欢那个安逸轩队长，我猜他们两个肯定会在一起的啦！”

“这样不公平嘛，情侣档，羡慕死人了。”

坐在我旁边的学生们都在窃窃私语，那些话语听在我的心里，如同刀子一般扎进我的心里。

安逸轩的实力有目共睹，经过这段时间的锻炼，他们整个团队水平都提高了不少，可以说是一路凯旋。我能感觉到安逸轩的目光还是会看向我这边，但是更多的时候是看向馨檬，我坐在观众席上，觉得是那样孤单，觉得安逸轩是那样遥远。

比赛结束之后，圣约翰毫无疑问成为第一名，全场欢呼之后，圣约翰的同学们就去本市最大的酒店开庆祝派对。我本来是和安逸轩一起，但是看到他们还有馨檬上了同一辆车之后，我就放弃了这个想法，和铃铛自己打车过去了。

酒店里早就有老师订好的包间，我和铃铛到的时候，安逸轩正被同学们围着采访，他明显很开心，整个人都笑得神采飞扬，馨檬站在他的身边有种小鸟依人的感觉。

我觉得很郁闷，找了个没人的角落，抱着一瓶酒开始喝起来。

“希子，不要喝酒啦，你别这样，我带你过去找安逸轩好不好？”铃铛抢着我的酒瓶着急地说。

“铃铛，我没事，我就是觉得有点闷，你放心，我酒量很好的。”我推开铃铛的手继续喝酒，度数并不算高的红葡萄酒，可是我喝完还是觉得不过瘾，又偷偷拿了啤酒来喝。

“你这样一定喝醉的，我要去找安逸轩！”铃铛在我身边担忧地说。

“你不要去找安逸轩。”我的脑袋有点发晕，也许是最近没怎么吃东西，再加上心情不好，喝酒又喝得猛，我有种喝醉的感觉，趴在桌子上精

神都有点涣散。

“你趴一会儿，我去找安逸轩！”铃铛拍了拍我的背。

“不要去找安逸轩！”我的眼泪慢慢流出来，“铃铛……”我感觉有人在轻拍着我的背，接着有一杯温水被递到我的手里。

“铃铛，谢谢，你，不要去找安逸轩。”我喝了口水，声音有点哽咽，“你不知道，我和安逸轩发生过的事……铃铛啊，你现在看到的我，不是我……”

“你喝醉了……”

“没有，我没醉，铃铛，我现在根本不是16岁的沙希子，我的灵魂是26岁的沙希子！我穿越回了16岁，因为安逸轩……”

“你说什么？”

“是真的，铃铛，我也不知道自己为什么会穿越回来，我是大学的时候认识的安逸轩，然后我们就在一起了。我们在一起很多年，我以为我们两个人会结婚生子，一辈子都不会分开，可是我没想到，他最爱的人出现了，就是馨檬……”我的眼泪如断线的珠子，“馨檬出现了，我记得安逸轩说过他高中时候交往的女朋友，他说过他和馨檬在一起最久，那是最青涩的三年啊，我都错过了……他要跟我分手，分手就分手，可是我真的很爱安逸轩，你知道吗？”

“希子……”

“分手的那段时间我好像完全没了魂，我吃不下睡不着，我还记得安逸轩来找我，然后我不知道怎么就昏倒了。之后我再睁眼，就变成了16岁的自己……要知道，16岁的我还不认识安逸轩……我记得他家里的地址，我打车去找他，真的遇到他，可是他的记忆里完全没有我。我以为是上天给我的机会，我那么努力转学来圣约翰，我以为我和他可以重头开始，哪怕雅伊出现我都没害怕，因为他说过他没有很喜欢雅伊。可是馨檬不一样，他们曾在一起四年，馨檬如果是他最爱的女人，那我的出现是不是错误？”

“你的出现不是错误！”

“是错误，我以为我可以从高中就和安逸轩在一起，我以为我可以陪他走过最美好的年龄，我以为我们会在一起，可是馨檬还是出现了，他们那么好，那么好……我是不是不该出现，我好像是偷了别人爱情的小偷。”我呜呜咽咽哭起来。

“希子……”

“我知道安逸轩对陌生人都是冷冰冰的很有距离感，但是熟了之后就会不一样，我知道安逸轩爱吃薯片爱喝冰冻的可乐，我记得他说过他高中时期最爱的就是篮球。我们在大学里的时候，曾经特意逃课去看篮球赛，哪怕我什么都看不懂还是陪他去了。还有上班的时候，他因为喝冰冻可乐闹肚子，我请假熬粥给他喝……我对他的爱也很真啊，一点都不比馨檬少啊！”我说着说着就觉得头很重，我趴在桌子上，脑袋越来越重越来越来晕，渐渐失去了知觉。

（四）

第二天早上醒来的时候，我觉得头痛欲裂，不由警告自己下次再也不能多喝酒了，至于昨天晚上发生的事，我也记不清了。幸好爸爸妈妈只以为我是最近学习压力大，趁着学校聚会缓解下，也没有过多地责备我。

安逸轩他们因为得了第一名被邀请去国家队参观，要走近一周，我们也没什么时间好好说话。

“希子，等我回来，我们好好聊聊吧。”安逸轩一脸认真地看着我，那副表情很像10年之后他跟我说分手的模样。

我的心里顿时一片冰凉，只是忍住了眼泪，点了点头说：“好的，好好去玩一下吧，放松一下也好。”

“傻丫头，不许乱想，你也要注意休息，不要太累，闲言碎语什么的都不要理，也不许胡思乱想。”安逸轩揉了揉我的头发，语气很温柔。

“我知道的。”我笑了笑，“你快走吧。”说完就转身跑开了。

“希子啊，你是想安逸轩想得人都憔悴了啊，你放心好了，等安逸轩回来你们就会跟以前一样了，你不要乱想。”铃铛一直在安慰我。

“但愿吧，我也希望是我自己乱想。”我忧心忡忡地说，很怕历史会重演。

我就这样萎靡地度过了一周，对什么都提不起兴趣，学习也只是保持着不退步而已，饭量也减少了很多。我从来没觉得时间过得这么慢过，每一分每一秒都好像被放大了，度日如年这个词，我第一次有了深刻体会。

一周时间慢慢地过去了，周日我懒懒躺在家里，没有出去玩的兴致，也不太想看电视剧，电视机里的频道播放着一部老电影，我躺在沙发上神游太虚。

突然，一阵敲门声响了起来，我很纳闷地爬起来站在门边问是谁。

“是我，我是馨檬，希子，我想找你聊聊。”门外响起一个女生的声音。

馨檬怎么会知道我的地址？我吸了一口气，打开门请馨檬进来。

馨檬穿着一条很仙的白色长裙，同样是白色长裙，我不得不说她穿起来比我更显得飘逸美丽，她的头发上用一条白色丝带绑了个蝴蝶结，丝带长长的垂到腰，她的打扮让我想到了小龙女……只是那张鹅蛋脸上的笑容太张扬，那双眼睛太锐利。

“你怎么知道我家地址的？”我好奇地看着她问，“找我有什么事吗？”

“怎么说我也是学生会的，找一个同学的地址不难啊！”馨檬笑着说，“我想找你聊一聊安逸轩的事情。”她开门见山。

“安逸轩？”我挑了挑眉，“你想说什么呢？”

“你不觉得我和安逸轩才是一对吗？我们两个才应该在一起，我知道

你之前追他追得很厉害，也的确让你追到了，但是你觉得你除了死缠烂打，还有哪一点配得上安逸轩呢？安逸轩之前也没更好的选择，所以才会和你在一起，但是现在我出现了，就不会让你们继续在一起了。”馨檬自信满满地说，好像她说的一切都是理所应当。

“我觉得，我们聊这个太奇怪了，如果安逸轩想和你在一起，大可以和我说，你这样，算什么呢？”我克制住情绪，保持着冷静说。

“有的事，何必非要男人说那么清楚，这段时间你也看得出来吧？男生嘛，总是会有很多担忧的，比如责任啊，面子啊……”馨檬看我一眼，态度很强势。

“是吗？你这么自信，就该去找安逸轩，找我做什么。”我绷着脸，“我不想和你讨论这个话题。”做出送客的举动。

馨檬似乎并没有要走，依然看着我，表情很自信：“安逸轩一定会和我在一起的。”

我觉得身体控制不住地发抖，还想继续说些什么，手机响了，我立刻接听，安逸轩的声音从话筒里传出来。

“希子，我回来了，我一刻也等不及了，我现在就在你家楼下，你下来，我有话要和你说。”他的声音很急切，充满着期盼。

“好，我这就下去。”我看着馨檬挂上了电话，“安逸轩在楼下等我，你要一起下去吗？”

“不用，你们两个人的谈话，我还是不参与的好。不过，你记住，安逸轩一定会是我的。”馨檬的笑容有点凝固，却依然不服输地说，然后就甩门走了出去。

我进房间换了件衣服下楼，看到安逸轩正焦急地在楼下转来转去，他应该来得很匆忙，还拿着行李袋。

“安逸轩，我来了。”我走过去喊他，一时不知该如何继续说下去。

“希子！”安逸轩放下行李袋朝我走过来，他脸上挂着笑容，表情有点紧张，“希子，你知道吗？我好想你！”他握住了我的肩膀，“走的这些天，我每天都在想你！”

“我也是，我也很想你……”我低声说，脸不由自主红了。

“希子，虽然我们没有说得很明白，但是我早就把你当成了我的女朋友，你明白吗？我以为你知道，因为你的出现，所以不管是雅伊还是馨檬，我统统都没有感觉，我不喜欢她们，你知道吗？我的心里只有你！”安逸轩的眼睛亮晶晶的，直勾勾地看着我。

我一时怔住了，呆呆看着他，竟然不知道如何回答。也许是太大的惊喜，也许是太多的忧虑，我竟然说不出话来。

“你为什么这么不自信？你为什么这么不相信我？你不开心，你怕我爱上别人！不会的，希子，我爱你，你就是我最爱的人！”安逸轩很激动地说，声音很大，似乎要让全世界的人听见他爱的人是我。

我的眼眶不由自主红了：“你懂什么？我真的是很不自信，你那么优秀，那么耀眼，就像个明星，可我呢？我这么平凡，这么渺小，我费尽

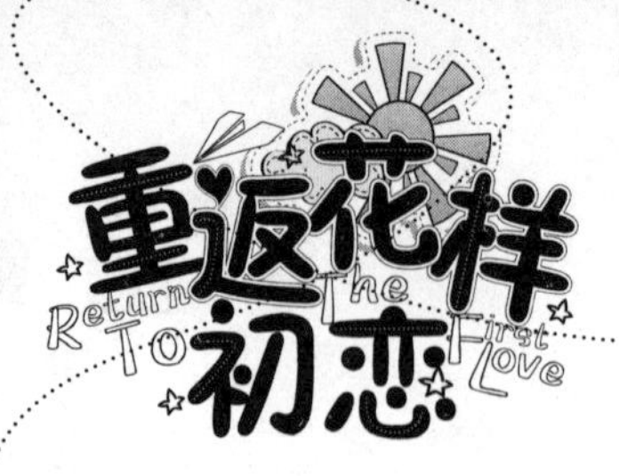

千辛万苦考进圣约翰，我苦苦追着你，可是那么多人喜欢你，我不知道，不知道你是不是真的喜欢我，不知道你会不会喜欢比我更优秀更漂亮的别人。你不懂，我有多担忧……我站在你的面前……觉得好自卑……我真的很喜欢你，但是我不想你因为可怜我和我在一起……我想让你爱上我！”我朝着他吼道。

“希子，你太傻了，你一点都不平凡，你一点都不渺小，你在我眼里就是女神一样的角色，你是独一无二的，我怎么会因为可怜你和你在一起，我是真的喜欢你，爱上了你，希子，我会向你证明的，哪怕10年后，我最爱的人也依然是你啊！”安逸轩看着我很激动地说。

“什么……什么10年后……”我震惊地看着安逸轩，他怎么会知道10年后的事？他还知道些什么？

就在我震惊无比的时候，一个花瓶从天而降。我抬起头的时候，只看到一身白衣的馨檬一晃而过的身影，接着就是安逸轩的惊呼，巨大的花瓶在我眼前摔得粉碎，细小的碎片飞到我的腿上，我只觉得一阵天旋地转，就昏了过去。

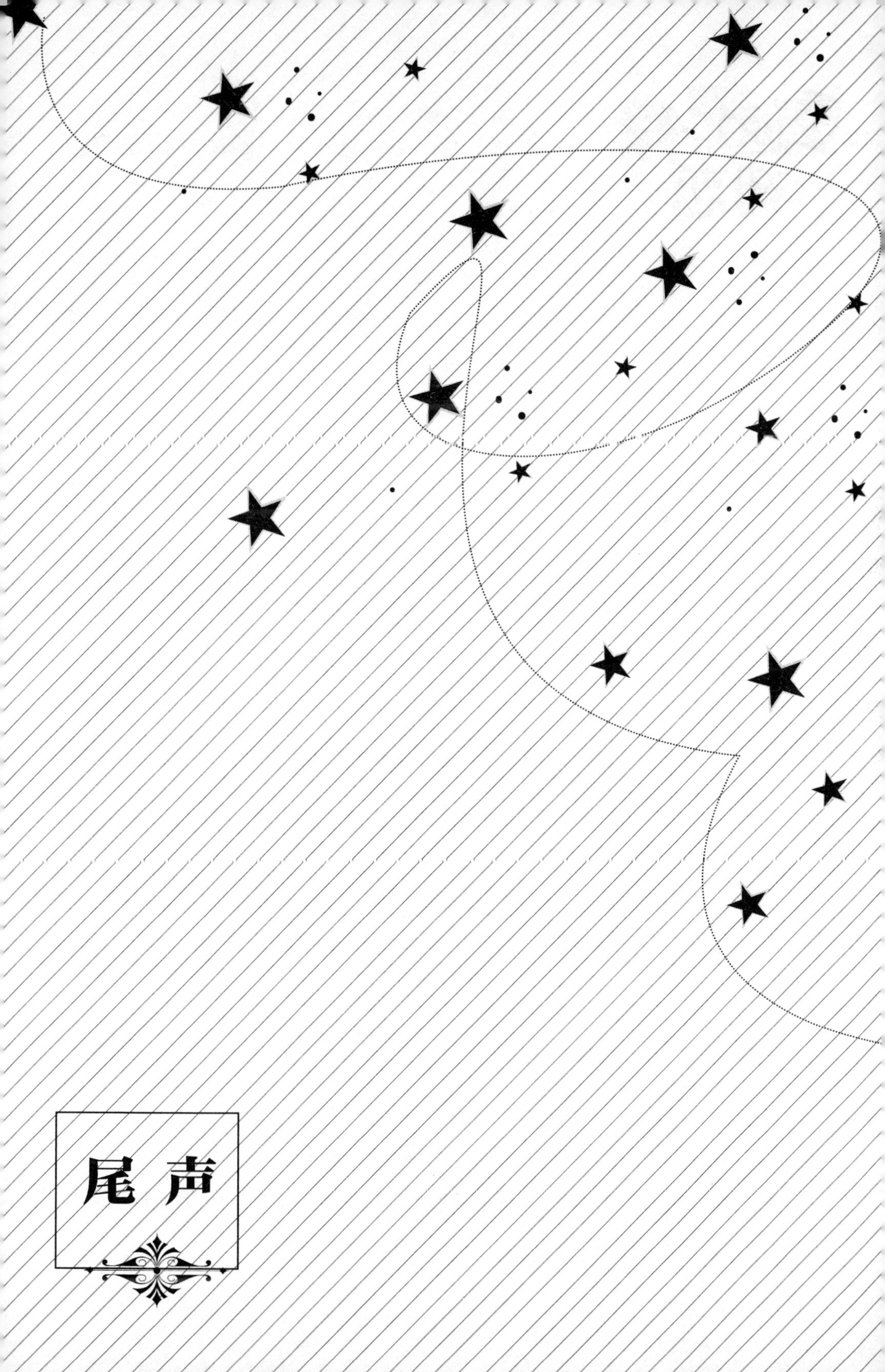

尾声

我好像做了一个很长很长的梦，当我睁开眼睛的时候，第一个映入眼帘的就是一脸焦急的安逸轩。他站在我的身旁，俊逸的脸上长满了胡渣，黑曜石般的眼眸满是红丝。我有些诧异，眼前的安逸轩穿着西装，但是衣角却有些颓废地褶皱着。他怎么会打扮得这么成熟？我记得昏倒前，他明明穿着运动服来着……等等……

我有些吃力地支起身子，看到墙上的电子时钟，2016年？怎么回事，我又回来了？我难以置信地掐了一下自己的大腿，哎呀，好痛！

这……到底哪个才是梦？我的大脑顿时有些混乱。

安逸轩担忧地看着我，不停地说："希子，你醒了，你真的醒了？"

"我怎么了？"我睁着眼睛，四处看了一下，四周都是白色，原来自己正躺在医院里，“我在医院？”

“是啊，那天你昏倒了，就一直昏迷不醒，都好几天了，医生也检查不出来为什么，医生，医生！”安逸轩大叫着跑开了。

“我一直在昏迷？”看着安逸轩跑开的背影，开始整理自己的思绪。

我的梦一层层清晰起来，我梦到自己回到了16岁，我梦到我遇到了16岁的安逸轩，我们在一起……安逸轩向我告白，然后馨檬从楼上丢下的花瓶砸向我……

这时，医生们很快都跑了过来，不管三七二十一把我推进检查室，从头到脚检查一遍，然后确认我的确没事，终于都一脸轻松地离开了，还通知我明天就可以出院了。

我躺在床上，安逸轩直勾勾看着我，看得我浑身都不自在起来，我记得我昏迷前是和他在一起，我撇撇嘴瞪他：“你看着我干吗？”

“我很担心你，希子，其实那天我找你是想告诉你，我要和你在一起，因为我最爱的人就是你！馨檬，都是过去的事了，她已经出国了，希子，你原谅我好不好？”安逸轩紧紧握着我的手，掌心的温度那么熟悉，我知道这次不是梦。

“傻瓜，我什么时候怪过你……”我嘟着嘴，16岁的记忆历历在目，混合着现在的记忆，安逸轩，我那么爱那么爱的人啊，我再也不要错过了。

“希子……”安逸轩紧紧抱住了我。

“安逸轩，我们要一辈子在一起，再也不分开了！”我也抱紧他，这一次，我怎么都不会放手，我要守护我的爱情，一辈子。

窗外的阳光很灿烂，我和安逸轩的影子被拉得很长很长，但始终都是紧紧拥抱。我情不自禁笑了起来，笑着笑着眼睛就湿了，什么都过去了，就像一场梦。我和安逸轩，要一直这么相爱着，我相信他的爱，这一辈子，我们都会很幸福的！

整个宇宙都流眼泪
陌安凉 著
整个宇宙都流眼泪
陌安凉著
整个宇宙都流眼泪
陌安凉 著
魅丽优品
Merry Product
©SOL.Bianca Creation Works

少女007神探社

“花样特工”招募令

智商超高却喜欢装深沉的可爱萌正太？
总是玫瑰不离手的耍帅“路人男”齐克亚罗？
背景强大且神秘的“天神之颜”美少年道格泽也？

颜值最高、情节最“烧脑”的特工小说

LORD SHILOH OF ROSE

莎乐美 著 SHALEMEI ZHU

《希洛玫瑰男爵》

真人实体书招募令开始啦——

尊敬的______小姐：

很高兴有你这样的年轻人立志加入我们X特工组织，我们也十分希望能有你们这样的新鲜血液给X特工组织带来新的活力。经过考察，你符合我们的条件，通过了初步的甄选与认定，接下来只要完成考核，就可以加入X特工组织。

任务内容：购买《希洛玫瑰男爵》，潜入欧轮杜学院，查出同样潜伏的希洛男爵假面的真实身份，并将寻找报告（读后感）寄给我们，或者联系莎乐美官方微博，就有机会成为X特工组织的一员，并获得会员勋章。

考核时间：自阅读本书起三个月内。

X使者

秘典 花美男宝鉴！

说起来，作为魅优公认的“白金美少年”，猫少爷笔下的每一位男主角，都是如此有个性、有特色，令人不由心生期待。这一次出现在大家面前的，又会是怎样的花美男呢？

猫小白著
MAOXIAOBAI
甜蜜喧嚣校园小说

花城飒

会是像花城飒那样，ET一般的百变完美学院继承人，用三百六十种奇奇怪怪的方式，来打动你的心？

叶泽希

还是如同不苟言笑的学生会副会长叶泽希一般，毒舌苛刻却又在暗地里默默关心着你？

槿夜神

又或是令人欲罢不能的华丽魔幻的炼金术师槿夜神，带你打开新世界的大门，穿越美梦与现实的幻境？

新一轮花美男宝鉴·即将收入猫氏小白·超级豪华套餐！

这段时间，到处乱逛（拖延成瘾）的猫小白少爷，终于在躺在家里逗猫时被编辑抓住了。经过编辑一番惨无人道地催稿，全新花美男宝鉴登场

《九月樱花馆·百年王子殿》

无意间闯入『九月樱花馆』，撞破百年王子殿下之谜！

一场戏剧性的实验爆炸，引发一连串奇异的化学反应……
少女秦琪与美少年韩煜非的奇异冒险，却才刚刚开始！

冷酷大帅哥韩煜非，笑面腹黑贵公子洛青銮，傻白甜少爷苏厥——

到底谁才是那个命中注定的人呢？
同学们快快来把他们统统收入你的花美男宝鉴吧！

下面，编辑要宣布一个重大好消息！猫粉们有福利啦！

另外，彩蛋预警！九月樱花馆系列第二部——

《九月樱花馆·夜光少女季》

敬请期待！

嘿，你见过奇葩集体大变身吗？

一夜之间变成超级绝版大帅哥不可怕，可怕的是——

“我的手机用了两年，一直没有任何问题。可是前段时间连续坏了两次。”

“我的学生卡和银行卡竟然都莫名其妙地失去磁性了。”

……

呃，奇葩集体大变身到底是福是祸？

嘿，你见过会发光的美丽蘑菇吗？

一二三四五，上山打老虎，老虎不在家，打到小松鼠。

松鼠啃蘑菇，蘑菇真辛苦，蒸煎煸炸煮，一煮一下午。

这么美丽的蘑菇能吃吗？

能吃，能吃，吃了就能变漂亮变年轻哦！

……

啊啊啊，谁能把我变回去？

嘿，你见过神奇的万事屋吗？

安夕阳：万事屋的老板，人称“万事屋夕阳”，长期拖欠房租。

武棱风：表面上是个十分冷傲的美男子，但本性是“天然呆”，有时也会异常地发挥调侃功力。

当当：万事屋的吉祥物，摄入草莓牛奶就会显现真正形态。

万事屋里到底有什么？

它的神奇之处在哪里？

……

啦啦啦，无可奉告，无可奉告哦！

VS

社团 · 变身 · 喧闹 · 甜宠 · 神逆转

一场自恋与反自恋的爆笑恋爱大戏

一个神勇女社长与六个绝版大帅哥的变身智斗

看猪小萌超级魔法变变变

在嬉笑怒骂里展现喧嚣热闹的青春！

猪小萌 著

少女魔魅校园小说

魅丽优品 Merry Product

神秘糖果系男友——太妃糖般的柔软香甜。

茶茶《庄园王子夏风恋》

▶李慕阳

Sunny萌宠庄园的继承人，剥掉低调神秘的糖纸般的外表，才能看到他温柔的内心。

如果你生气，他会用一百种小动物来哄你开心，兔子、浣熊司空见惯，还有会说话的灵宠猫哦！

内容简介：

被上天眷顾的少女林晚风，在上学路上救下遭恶狗追杀的波斯猫伊丽莎白后，人生彻底发生了反转！

什么？这只快吃穷她的猫竟然会说话？还是一只能给她带来好运的“桃花猫”？等等，好像是真的……

班上的神秘少年李慕阳最近怎么总偷偷跟踪她，难道这位低调的Sunny萌宠庄园少主暗恋她？不对不对，仔细想想，他应该是惦记上了她的灵宠猫吧！

可当她火冒三丈地去找他理论，誓死捍卫自己猫主人的地位时，李慕阳却告诉她一个惊天的秘密——萌宠庄园的动物都离奇失踪了！

事情一下子变得扑朔迷离。林晚风善心大发，想帮他找回宠物，却发现这一切都与一只白狐脱不了干系。诡异的是，她还正好撞见这只白狐变成美少年，诱惑她一起进行一场阴谋……

全能糖果系男友——薄荷糖般的清凉，后味甜蜜。

茶茶《宝石少女的精灵幽梦》

▶归海辰

这个男友十项全能！

搜索侦查能力超强，分析解读能力一流，武力值更是满分！

好吃的甜品店、隐蔽的小吃摊，还有“买买买”的袋子，全部交给他！

内容简介：

幸运满分的幽灵水晶、勇气超强的虎睛石、恋爱助攻的月长石……这三样一旦拥有，人生就会发生意想不到的改变。

魔法宝石迷费小初不小心吓跑了珍稀宝石里的精灵，精灵的秘密一旦泄露，不仅会影响人类世界，费小初还要受到严厉惩罚，要快点把精灵们全部抓回来才行！

对于完全不懂社交的费小初来说，精灵寻回之路本来就艰难万分，偏偏还遇到一个“百科全书”式的美少年归海辰捣乱。

喂！你不是号称校园冰山王子吗？为什么好奇心这么重啊？精灵的秘密都要被你看光啦！

浪漫的校园舞会，幽静的满月之夜，以希望为名的宝石上显示出与失落精灵有关的意象……

在归海辰的帮助下，费小初的精灵寻回之行会顺利吗？

清新少女茶茶最新浪漫校园小说，让美丽的宝石精灵见证少女的成长与幸福！

百变糖果系男友——跳跳糖般的惊艳爆炸。

艾可乐“星座公寓”系列《绝版双子座拍档》

▶北祁一

每天你都会觉得拥有一个新男友。

不仅具有双子座的百变多才，更是擅长奇思妙想的科研怪人！

瞬间烫发机、无敌真话药水、药效超强的晕车药！

比哆啦A梦更神奇的角色，你要的一切都可以发明出来给你哦！

内容简介：

名门大小姐项甜甜来到爱丽丝学院后，一心想摆脱社交障碍，交到朋友，却无意中成为桔梗公寓怪异美少年北祁一最配合的实验伙伴。

蟑螂的绝地反击、疯狂太空舱考验，呜呜呜……实验过程真的好痛苦！但是为了维持和北祁一之间珍贵的友情，项甜甜告诉自己一定要忍耐、忍耐、再忍耐！

友情持续发酵，逐渐散发出了恋爱的香甜气息，项甜甜快要沦陷了。

可是，就在她被北祁一的温柔打动，准备告白的时候，才知道北祁一竟然一直在欺骗她，他根本就不想和她做朋友，而只是……

北祁一！准备接受真心的惩罚吧！

两大占卜高手再次“不幸”预言，鬼才双子VS内向摩羯，最不搭配星座“囧萌”相遇，将带你领略爆笑巅峰的浪漫恋情。

伊甸园妖精的眼泪 创造了真爱的奇迹

传说，当妖精产生“真爱”时，妖精伊甸园也会感动得流泪。为了你，我希望自己能够感动这片天地。

——古洛熹

眼睁睁看着你在我面前消失，变成虚无的碎片……如果此刻这种心痛的感觉是爱的话，那我想其实我早就爱上你了。

——乔月叶

精彩角色大放送

乔月叶：

心地善良，不善表达，佩戴美瞳后变得自信、强势。

一直暗恋萧逸寒，而后因为神秘人的一副美瞳脱胎换骨。好不容易放下了和萧逸寒的感情，开始一段新恋情，却得知秦朔是在骗自己，万般绝望后才发现，古洛熹才是属于自己的真爱——他是水晶瓶内住着的妖精，一直在默默守护她，而且为她放弃了妖精的灵力和永生。

古洛熹：

看似阳光，却也犀利腹黑。

是一个蔷薇晶瓶中的妖精，小时候被女主角从垃圾堆中捡回，后来喜欢上女主角，化身成人。女主角出车祸后，他毫不犹豫地将自己的妖精生命给了女主角，自己却面临着随时会消失的结局。在消失之前，为了能让女主角幸福，他把自己的眼睛——一副神奇的梦幻美瞳也给了女主角。

萧逸寒：

冷面帅哥，桀骜不驯。

以为乔月叶只是盲目跟风地喜欢自己，并不知道乔月叶的真心，而后乔月叶的改变让他感到下不了台。当他发现自己喜欢上乔月叶的时候，她已经牵起了别人的手。

秦朔：

个性阳光开朗，也有点玩世不恭。

本是因为表妹的请求才接近乔月叶并追求她，以为自己从来没有喜欢过乔月叶，可是看到她站在雨里哭泣，他才意识到了自己的错误。

即便这场恋爱随时会面临幻灭，我也不想心中藏有遗憾，
我想我爱你，只是我们一直靠得太近，所以我才迟迟没有发觉。

凉桃《蔷薇色梦幻美瞳》即将震撼上市，
敬请期待吧！

【没有一点点防备的卧谈会】

时间：国庆长假的第二天深夜
地点： 年糕么么哒
（群号：567278814，群主是锦年本人，欢迎大家来聊）
嘉宾：锦年
主持人：年糕啪啪
围观群众：锦年的粉丝们和菜菜酱

菜菜酱：在这样一个普天同庆的日子，一场八卦大会就这么来袭！（摇身一变成相亲大会？）
年糕啪啪：锦年有男朋友吗？（期待）
锦年：并没有哦……
【众年糕：可以考虑我们！】
年糕啪啪：锦年的择偶标准是什么呢？
锦年：阳光型男，穿衣显瘦，脱衣有肉的，嘿嘿嘿……
年糕啪啪：锦年平时喜欢什么歌啊？
锦年：呃……很多，例如日语歌、英语歌、粤语歌。
年糕啪啪：锦年最想去哪儿？
锦年：日本和欧洲。
年糕啪啪：日本！我也想去！
锦年：喜欢日妆和日牌护肤品，超想去镰仓买买买！
年糕啪啪：看来锦年很喜欢日本啊。
锦年：对啊，还喜欢日剧和东野圭吾呢！
【众年糕：我们陪你去！】
年糕啪啪：锦年有没有暗恋过谁啊？（紧张）
锦年：有啊。
【众年糕：哇！】
锦年：第一次暗恋别人，暗恋了好几年呢，当时是同班……
年糕啪啪：告白没？
锦年：拒绝回答。
某年糕：我把哥哥介绍给你吧！
锦年：好啊，大家快来介绍哥哥吧。
【众年糕献哥：收下我们的哥哥吧！】
某年糕：其实我们很想知道，锦年为何走上“后妈”这条不归之路……
【年糕啪啪：我才是提问的主持人呀，喂！】
锦年：这个，因为自己也喜欢看虐的文，虐的印象总能深刻些……
【年糕a：每看大大一本书，一盒纸巾就没了，心疼我的钱啊！】
锦年：不哭不哭，来我怀里……
年糕啪啪：锦年单身对吧？考虑考虑我吧！
【年糕b：去你的！应该跟我在一起！】
【年糕c：都一边打去，锦年大大快和我组成cp！】
锦年：我还是直的！
菜菜酱：你们不应该帮我催稿吗？喂！
年糕啪啪：那么访谈结束啦。啦啦啦，快去扑倒锦年！
【众年糕猛追锦年。】
锦年：救命啊！
菜菜酱：如果你交稿我就救你。
锦年：那还是算了……

安正风： 听说安晴将我刻画得雷厉风行、霸道蛮横、腹黑睿智、冷静淡定、温柔细心，被安氏集团所有女员工封为最想嫁的男人NO.1，嗯？这么优秀的我，你想嫁吗？

雷厉风行： 明天下午，还在这里开会！一个人都不准缺席！

霸道蛮横： 男朋友？呵，我劝顾小姐还是好好准备一下我们的婚事吧。我是说，我们。

腹黑睿智： 哦，船上的女装都是你的尺码，想开什么party就有什么样的衣服，对了，还有比基尼。

Merry安晴： （死鱼眼）喂，居然有这么自恋的男主角！来人，开门，放顾笙南！

看来想要安正风大BOSS，
还是去看看《南风替我告诉你》上市没有吧！

如果有一天我堕入魔道，你们一定要杀了我

——锦璎

如果你被囚禁在海底三百年，突然有个大美女出现要救你，你愿意吗？
如果那个大美女要与你来一场灵魂交易，条件是为她报仇，你愿意吗？
锦璎的回答相当干脆：我愿意！
可是，这个大美女身份也太独特了吧？不仅残暴无情，还是六界公认的女魔头？还背了无数孽债？孽债就算了，居然还有情债？
好吧，看在手下有一大帮帅哥美男供自己差遣的面子上，她认了！可天意弄人，这群帅哥怎么个个都要取她的脑袋？她招谁惹谁了？
锦璎崩溃了：做女人难，做个女魔头更难！

我料到了所有事情，却料不到与你竟是一场情劫

——云无渊

他是大名鼎鼎的天下第一剑仙，五官绝美，颜值无匹。
他外表看上去清贵高雅，黑化后狡诈且恐怖，智商无敌，在四海八荒中极负盛名。
他原本是要杀了残暴冷血的姬月栖，后来却发现了“姬月栖”的变化，不但决定不杀她了，还反过来处处护着她。

我得不到的东西，别人也休想得到

——御寻欢

他是隐姓埋名的蓬莱大少爷，因一次意外留在了云荒境，长着一副人见人爱的花花皮囊，还喜欢穿一身惹眼的红袍，举手投足间尽显风华绝代之姿。
人如其名，天性风流，但绝不下流。
他一直想毁掉云荒境，最后却为了救孟瑶而身受重伤，跌入北海最深处。

这里有：

城府比海还深，智商无敌，看上去清贵高雅的**天下第一剑仙无渊真君**；
风华绝代、奢华腹黑的蓬莱大少爷御寻欢；
唇红齿白，苍华台的**“小鲜肉”兰萧**；
还有一个身患隐疾，却艳冠天下的冥山宗主锦璃……

一大帮美男简直比《花千骨》和《琅琊榜》的众小主还要闪亮！

这样强大的“美男后宫团”，尽情地在唐家小主的《锦云归处》里争奇斗艳，你还不心动吗？

《星光萌动朵朵开》

▶ “非一般”少女和萌萌机器人男友之旅

湖南少年儿童出版社

《暖阳里的拉斐尔》

▶ 抹茶冰激凌般的青涩美味，甜进心底的绝版珍藏

湖南少年儿童出版社

《锦云归处》

▶ 心思单纯的姑娘换上令人闻风丧胆的女魔躯壳

天津人民出版社

《风鸣大陆⑦风雨来袭》

▶ 持续引领西幻文学热潮

知识出版社

《水星治愈少女》

▶ 清雅少女＆深沉系美男的粉色悲情绝唱

知识出版社

“小优趣读”书系《会说话的古董》

▶ “脑洞”大开的古董萌文化之旅

天津人民出版社

《时光与爱共沉眠》

▶ 晚风骤起，夜幕降临，黑暗深处，时光终会与爱共沉眠

知识出版社

《如果森林有童话》

▶ 暖心天使的专属治愈成长故事

万卷出版社

《时光罅隙里的秘密花园》

▶ 哪怕不能拥有，也要拼命守护

湖南少年儿童出版社

《整个宇宙都流眼泪》

▶［重点推荐］一次伸手的温暖，百倍偿还的深爱

天津人民出版社

《九月樱花馆·夜光少女季》

▶ 万人期待的“猫氏”悬疑花美男小说

天津人民出版社

“超速绯闻”系列之《致闪耀的她》

▶ 跨物种合作，给最闪亮的你最美的梦

知识出版社

《请用科学的方法心动》

▶ 在异界被迫成学霸，顺带收服男神，日子简直炫酷

天津人民出版社

“星座公寓”系列之《绝版双子座拍档》

▶ 怪异美少年与可爱千金的完美恋曲

知识出版社

《美型骑士团·星辰王女》

▶ 学霸少女接任星光女王，由帅骑士护卫

天津人民出版社